Dimitri Verhulst (1972) behoort inmiddels tot de grote Europese schrijvers. Hij publiceerde meer dan 20 boeken, zijn werk wordt verfilmd en voor toneel bewerkt en verschijnt in 25 landen. Een aantal boeken werd bekroond met literaire prijzen, waaronder de Gouden Uil Publieksprijs en de Libris Literatuurprijs. Verhulst schrijft romans, verhalen, novellen, gedichten en toneel.

Van de klassieker *De helaasheid der dingen* werden 400 000 exemplaren verkocht, van het Boekenweekgeschenk 2015, *De zomer hou je ook niet tegen*, vonden 723 000 exemplaren hun weg naar de lezers. In het najaar van 2016 verschenen *Het leven gezien van beneden* en *Spoo Pee Doo*, twee boeken die vanuit een vergelijkbare urgentie zijn geschreven.

Voorjaar 2017 presenteerde Verhulst de VPRO-reisserie langs de halteplaatsen van de Europese cultuur, *Made in Europe*.

Van Dimitri Verhulst verschenen eveneens

De kamer hiernaast (1999)
Niets, niemand en redelijk stil (2000)
Liefde, tenzij anders vermeld (2001)
De verveling van de keeper (2002)
Problemski hotel (2003)
Dinsdagland. Schetsen van België (2004)
De helaasheid der dingen (2006)
Mevrouw Verona daalt de heuvel af (2006)
Godverdomse dagen op een godverdomse bol (2008)
De laatste liefde van mijn moeder (2010)
De zeven laatste zinnen (2010)
Monoloog van iemand die het gewoon werd tegen zichzelf te praten (2011)
De intrede van Christus in Brussel (2011)
Kaddisj voor een kut (2014)
De zomer hou je ook niet tegen (Boekenweekgeschenk, 2015)
Bloedboek (2015)
Het leven gezien van beneden (2016)
Spoo Pee Doo (2016)
Stoppen met roken in 87 gedichten (2017)
De pruimenpluk (2019)
Onze verslaggever in de leegte. Ongedateerde dagboeken (2020)
In weerwil van de woorden (2021)
Hebben en Zijn (2022)

DIMITRI VERHULST

DE LAATKOMER

Uitgeverij Atlas Contact
Amsterdam/Antwerpen

Eerste druk april 2013
Vijfentwintigste druk juli 2023

Omslagontwerp Tessa van der Waals
Omslagillustratie Ko Sliggers
Foto van de auteur Ringel Goslinga
Typografie binnenwerk Suzan Beijer
Drukkerij Wilco

ISBN 978 90 254 4560 7
D/2021/0108/552
NUR 301

www.atlascontact.nl

Ik steek de Styx over en ik neem mee: een tube tandpasta (voor de zottigheid)...

*

Hoewel volkomen opzettelijk, is het zeer tegen mijn zin dat ik iedere nacht opnieuw in mijn bed schijt. Mij te verlagen tot deze zelfonterende daad is waarlijk de lastigste consequentie van de ietwat zotte levensweg die ik op mijn oude dag ben ingeslagen. Maar ik zou mijn verplegers en verpleegsters achterdochtig stemmen indien ik het in mijn slaap drooghield. Wens ik niet uit mijn rol van seniele grijsaard te vallen, dan heb ik geen andere keus dan op regelmatige basis mijn luiers te bevuilen. Want dat is het inderdaad: een rol. Ik ben helemaal niet zo dement als ik mijn omgeving doe geloven!

Het zuur van mijn urine is ermee begonnen mijn billen aan te vreten en ik moet zeggen: mij zijn aangenamere sensaties bekend. De zalfjes die ronde Sonja en Aïscha dagelijks tussen mijn billen strijken terwijl ze kletsen over het appetijtelijke lijf van de vertegenwoordiger van Kukident kleefpasta die zijn producten aan dit tehuis hier slijt, verzachten geen knijt. Maar nogmaals, dat incontinente gedrag van me kan onder geen beding uit mijn script worden geschrapt. U moet het zich maar even proberen voor te stellen wat het zou geven wanneer plots werd ontdekt dat ik al een paar maanden met succes dementie veins! Dat ik al vele, vele weken onzin uitkraam of apathisch in mijn stoel zit te wiebelen terwijl ik, om zomaar iets te noemen, nog altijd hedendaagse politieke kwesties kan uitleggen. Het ziekenfonds zou zich bestolen voelen en mij voor de rechter slepen; het personeel, en al helemaal het vrouwelijk personeel van geriatrisch gesticht Winterlicht, zich misbruikt weten, aangetast in z'n integriteit, en mij met genoegen de schedel inslaan. Het medelijden dat mijn kinderen nu nog net voor me weten op te brengen zou zich hertalen in een grenzeloze schaamte voor hun vader. En mijn echtgenote, het kreng, zou, gesteld dat ze mij overleeft, en dat zal ze, mijn graf bedelven onder grote hoeveelheden mezenvoeder, zodat mijn nagedachtenis gedurig door de vogels werd bescheten.

Dus neen, er is geen alternatief. Alle bruggen zijn verbrand, mij rest geen weg terug. Eenmaal in het oudpeetjeshuis, altijd in het oudpeetjeshuis. Ik wist waar ik aan begon. Doch dat neemt niet weg dat, van alle aspecten eigen aan het geloofwaardig neerzetten van een compleet seniele senior, de moedwillige terugkeer naar de onzindelijkheid mij het lastigst valt. Het is vaak met tranen in mijn ogen geweest dat ik hier 's nachts mijn darmen binnenstebuiten perste. Een gebrek aan wilskracht kan mij de laatste maanden niet worden verweten, maar liggend in mijn eigen kleverige drek ben ik toch een aantal maal aan mijn onderneming beginnen twijfelen. Dat waren de zeldzame stonden waarin ik mij afvroeg: 'Is dit het allemaal wel waard? Ben ik toch niet een tikkeltje te ver gegaan?'

Ondertussen heb ik op die vragen mijn definitieve antwoord wel klaar. Gelukkig maar.

De pillen die de witte schorten ons hier rijkelijk te slikken geven zullen er deels mee te maken hebben, maar afgelopen nacht ben ik niet één keer wakker geworden. Gemaft gelijk een lijk. Met andere woorden: ik heb het mezelf niet kunnen opleggen de zorgsector te dienen met een klodder stront.

Maar.

Ronde Sonja stoof vanochtend mijn kamer binnen, gehaast als altijd (het is onwaarschijnlijk hoe mollig dat kind blijft als je ziet hoe nerveus ze in haar doening is), opende mijn gordijnen en riep:

‘Opstaan Désiré! Een nieuwe dag is aangebroken en hij is u goedgezind!’

Daar voelde ik het. Tot mijn verrassing. Ik had in mijn bed gekakt! Zo heel te gans spontaan! Halleluja. Mijn metabolisme had de taak overgenomen die voor mijn wil van tijd tot tijd te zwaar kon zijn.

‘Désiré, hoor je mij? Opstaan, jongen!’

Ik stiet uit: ‘Moeder, moeder, de koeien moeten kalveren!’ En ronde Sonja moest lachen. Ronde Sonja kan prachtig lachen. Veel dikkerds lachen prachtig. Ze zei: ‘De koeien hébben al gekalverd, Désiré. Zullen we straks gaan kijken in de stallen? Na het ontbijt? En daarna de vogels in de tuin kruimels geven, zij zitten al te kwinkeleren om je komst! Maar eerst moet ik je verversen, opdat de vrouwen in de refter weer kunnen zeggen hoe knap jij na al die jaren bent weten te blijven.’ En ze gooide mijn benen in de lucht en doopte haar washand in een warme teil.

‘Impropria est ut salutaret aliquis qui est cacas’, kreette ik. Ongepast wellicht voor een dementerende. Maar ik joelde het niettemin, gelukkig als het kind waar ik elke dag steeds sterker op lijken moet.

Impropria est ut salutaret aliquis qui est cacas: het is onbetamelijk iemand te groeten die net aan ’t schijten is. Erasmus.

Waarop ronde Sonja: ‘Wel, Désiré, nu maakt u indruk op mij! De Bijbel?’

Een nieuwe dag was inderdaad aangebroken en hij was mij geen klein beetje goedgezind.

Bloot en proper en geurend naar ontsmettingszeep lag ik op bed, ronde Sonja stond gespeeld plechtig mijn kleerkast te keuren en ze riep. Ook dat is een lastig facet aan het vroegtijdig in een bejaardentehuis te zijn beland. Dat vreselijke geroep altijd. Het personeel, dat er voor het gemak van uitgaat dat elke oude knar potdoof is, heeft na een loopbaan van vijf jaar knobbels op de stembanden. Sommige bejaardenwerkers zijn het zodanig gewoon te loeien en te blèren dat ze geen gesprekken op een aanvaardbaar geluidsvolume meer aankunnen. Hun partner en hun kinderen worden constant afgeblaft. Meestentijds liefdevol, maar toch.

Ronde Sonja riep dus, een schadelijk aantal decibellen bij elkaar:

'Vandaag gaan we ons schoonste pak aantrekken, Désiré! En weet je waarom?'

'Wat dat?'

'Dat we ons schoonste pak gaan aantrekken vandaag?'

'Ha ja.'

'En weet je waarom?'

'Ja.'

'Waarom, Désiré?'

'Ja.'

'Omdat we jarig zijn vandaag! En hoe oud worden wij? Weet je dat?'

Ik kon me ergeren aan die bizarre gewoonte van 'r om in de eerste persoon meervoud te spreken. Had zij dit soms meegekregen in haar opleiding, en zo ja dan was ik wel nieuwsgierig naar de hele filosofie achter die regel?

‘Vierenzeventig, Désiré! Als dat geen schone leeftijd is!’

Met mijn vierenzeventig hoor ik absoluut bij de jonkies in geriatrie Winterlicht. Iedereen jonger dan tachtig wordt min of meer bekeken als een pechvogel. Een mens die van Moeder Natuur misschien wel een kwak fatsoenlijke hersens mag hebben gekregen, bekwaam om er de ingewikkeldste dingen mee te ontrafelen of er allerhande wetenswaardigheden mee op te slaan, maar helaas met een teleurstellende houdbaarheid.

Neem nu Etienne Thijs uit kamer 18. Moet nog vijfenzeventig worden, ook. Heel zijn leven lang een grote kop geweest, professor in de biologie, baanbrekend in het onderzoek naar de resistentie van bepaalde antibiotica, en nu zo tureluur als het Spaanse middaguur. Hij trekt al z’n kleren achterstevoor aan en houdt een plakboek bij van prentjes die hij uit de *Miauw!*, het maandblad voor de poezenliefhebber, heeft geknipt. Treurig. En zijn vrouw die duizend keren stommer doch geestelijk in orde is (waar heb ik dat nog gehoord?) vrijt ondertussen met een andere man, een gewezen beenhouwer. Komt ze haar echtgenoot bezoeken, dan neemt ze haar minnaar gewoon mee naar het tehuis. Professor Thijs beseft het toch niet meer, en daar kunnen wij alleen maar blij om zijn.

Het krankzinnigste personage van geriatrie Winterlicht is professor Thijs hoegenaamd niet. Die eer komt toe aan Walter De Bodt, ouder dan een eeuw, knokig, kaal, een landkaart van levervlekken en dikwijls in een rolstoel gezeten in een kakikleurige pyjama van het leger. (Ik zou 'm met de bijnaam Kampcommandant Alzheimer willen eren, maar behalve mezelf heb ik zo goed als niemand meer om tegen te spreken en dan ben je met zo'n bijnaam niet echt veel.) Respect heeft Walter De Bodt enkel voor de directeur van de geriatrie, een zorgmanager zoals dat tendentieus heet, die hij steevast begroet met een gestrekte rechterarm en, als hij zijn kunstgebit correct in heeft, de uitroep 'Heil!'.

Het is zelden een cadeau om je jeugd een tweede keer te moeten beleven.

En word je als geesteszwevende zeventiger niet aanschouwd als een pechvogel, dan op z'n minst als iemand die kreeg wat hij verdient. Je wordt ervan verdacht bij leven en welzijn te weinig visolie te hebben gegeten, te weinig noten ook. Je gaf de voorkeur aan soapseries op boeken met ingewikkelde verhaalplots, je dronk meer alcohol dan lief was voor je hersencellen, je trok je neus op voor kruiswoordraadsels en las nooit een krant in een andere taal. Jij bent het die je brein liever lui dan moe hield, de inspanning om deftig met de nieuwste technologieën te leren werken bracht je niet meer op. Dat je dement werd heb je enkel en alleen maar aan jezelf te danken! Zo kijken sommigen je aan.

Zo kijkt mijn vrouw mij aan. Als ze mij bezoekt. Wat ze, gelukkig, steeds minder doet.

Het is mijn eerste verjaardag in het gesticht en ik heb er schik in. Hiep, hiep hoera voor mezelf. Goed, om kosten en drukte te sparen moet ik mijn feest weliswaar delen met andere bewoners die de afgelopen twee weken jarig waren. Meestal zijn dat zo'n twee à drie feestzwijnen die terzelfder tijd in de bloemetjes worden gezet en als er een honderdjarige bij is, en er daarbovenop ook de garantie is dat een streekkrant het heuglijke nieuws van de gefêteerde eeuwling komt verslaan en fotograferen, dan laat ook de schepen van Bevolking zich hier opmerken. In die gevallen houdt hij een korte speech (steeds dezelfde, maar dat kan hij zich ruimschoots permitteren voor een publiek van dementerenden), schenkt in naam van de voltallige gemeenteraad een pot bloemen aan de honderdjarige, wenst die nog vele, vele jaren in de gloria, eet gehaast een taartje, drukt alle stemgerechtigden de hand en verdwijnt. Achtennegentigjarigen, bijvoorbeeld, kunnen deze schepen (een christendemocraat maar dat doet er geloof ik niet echt toe) minder boeien. En aan de viering van een vierenzeventigste verjaardag vindt hij uiteraard vast helemaal niks. Een betere gelegenheid voor de schepen om hier acte de présence te geven, is wanneer een kersvers viergeslacht de fotograaf van de regionale pers andermaal onze kant op jaagt. Het ontroerende beeld: een bevende zak knoken met een versgeperste achterkleinzoon op z'n schoot.

Vandaag zitten er, de Heer weze geprezen, geen eeuwlingen in het groepje te bejubelen jarigen. De schepen kan zich met andere woorden vermeien met nuttiger zaken. Mij hoor je niet treuren. Zoals hij mij soms durft aan te kijken, heb ik het gevoel dat hij de enige is die mijn spelletje doorheeft. De enige die weet dat ik ze alle vijf nog op een rij heb, de boel belazer. Een gevoel, meer niet. Puur intuïtief.

Ronde Sonja: 'Zo zie, Désiré, u blinkt als nieuw. Op naar de refter!'

94 decibellen.

Onder begeleiding van het betuttelende 'En als we de feestvarkens van vandaag eens naast elkaar aan tafel zetten?' word ik voor het ontbijt met mijn karretje geparkeerd op de plaats waar tot voor kort Rosa Rozendaal zat. Het weinige haar dat ze nog had wees alle windstreken aan. Ze duwde een snee brood in haar mond gelijk een bokser zijn bit en praatte tegen zichzelf.

Op de oude plaats van Rosa Rozendaal dus, ik, en naast Kampcommandant Alzheimer. De Kampcommandant, die de aanval op zijn smaakloze, witte boterhammetjes alreeds heeft ingezet, niet zonder deze eerst in zijn bekertje flauwe koffie te hebben gesopt.

Ik kijk zijn glazige ogen in en zeg: 'Hoe vind je de boter? Goed hè? Gemaakt van 't lichaamsvet van Joden! Werkelijk een delicatesse!'

Daar flikkert de oude glorie van Kampcommandant Alzheimer altijd weer van op. Z'n lege kop lijkt zich van zulke praatjes opeens weer te herinneren dat er ooit nog gedachten hebben in gezeten. Hij papegaait: 'Er zullen arbeidsplaatsen gecreëerd worden, de autosnelwegen zullen breder zijn, de treinverbindingen beter!', en steekt vervolgens zijn mes diep in de boter om er demonstratief een nieuwe snee brood met een vadsig dikke laag van te besmeren. Alleen bibbert die man zodanig dat de boter spoedig zowat overal hangt, behalve op z'n mes.

Ik fluister: 'Je herkent me niet meer hè?'

Nu kijkt hij ongemakkelijk. Het is de ongemakkelijke blik van dementerenden die woest hun hele geheugen omwoelen, om er iets te zoeken dat er wellicht niet meer zit. De blik waarop ik uren heb gestudeerd en die ik zelf inmiddels als de beste beheers.

'Je herkent me niet meer? Kijk eens goed! Je hebt mij in die laatste en vreselijk koude oorlogswinter doodgeschoten en op een hoop gesmeten! Neen? Mijn gezicht zegt jou niets? Nu ja, ik kan dat verstaan, je hebt er ook zovéél neergelegd. Een mens kan moeilijk alle gezichten onthouden. In alle geval, ik was één van hen. En ik ben weergekeerd. Opgestaan uit de oven en de doden. Om jouw ouwe dag te vergallen. Om een tuinslang in je overjarige reet te steken en de waterkraan open te draaien tot je neusharen gewassen zijn.'

De welzijnssector is niet alleen onderbetaald, hij is ook onderbemand. En dus duurt het even voor er iemand het varkensgegil van de kampcommandant komt smoren in een troostend gebaar en een kalmeringspil.

'Maar Waltertje toch, er is toch geen enkele reden om de voegen uit de muren te kelen omdat je de boter op de grond hebt gesmeten. Helemaal niet erg, beste vriend. Maar vraag het ons gewoon als je nog wat boter op je boterham wil. Daarom zijn we hier tenslotte, nietwaar. Is dat afgesproken?'

Van al mijn verjaardagen is er geen één zo veelbelovend begonnen als de allerlaatste.

*

Ik steek de Styx over en ik neem mee: een tube tandpasta (voor de zottigheid), een verdwaald citaat van Joseph Roth…

*

Alle betere ideeën in de wereld kennen het rijpingsproces van een overjarige brokkelkaas. Ook mijn plan om dementie te faken werd stapje voor stapje opgebouwd, soms zonder dat ik het zelf in de smiezen had. Waar en wanneer precies het allemaal begon, zou ik niet met zekerheid kunnen zeggen. Maar als ik word gedwongen één moment eruit te pikken, dan zou ik zeggen: die ene namiddag van – wanneer? – twee jaar geleden, tweeënhalf jaar geleden misschien, in de petanqueclub. Want ja, ik hield er wel van een balletje te gooien met de kameraden. Heel ontspannend vond ik dat. Mijn vrouw niet. Zij vond petanque een bezigheid voor leeggangers; een spel dat was bedacht door de fiscus om het verbruik van alcohol en tabakswaren op peil te houden, en meermaals heeft zij mij dan ook getrakteerd op uitspraken als: 'Om de gazon te ontmossen voelt gij u niet goed genoeg meer in uw vel, maar om gelijk een onnozelaar balletjes in een zandbak te smijten zijt ge opeens wél voldoende dartel en energiek. Ik mag u honderd keren op mijn blote knieën vragen, Désiré, of ge met mij niet mee wilt gaan naar meubelzaak Verschoten, want ik zoek mij een nieuwe kast voor mijn keukenhanddoeken. En dan is het opeens altijd uw bloeddruk van hier of uw slechte rug van ginder die u tegenhoudt. Die kast voor mijn keukenhanddoeken kan wat u betreft altijd wachten. Maar als het is om te gaan petanquen hebt ge nooit last. Niet van uw bloeddruk, niet van uw rug, niet van iets anders...'

Ik verweer mij allang niet meer tegen de uitvallen van mijn vrouw. Eén van die vele, wellicht miljoenen zwijgende mannen moet ik zijn, die zich tegen de grillen van hun echtgenote weten te pantseren met een schild van onverschilligheid. Jaren van oefening en geduld heeft het mij gekost. In den beginne verzette ik me tegen iedere onterechte verdachtmaking. Ik zou in eer en geweten op mijn strepen hebben gestaan en gezegd dat ik nooit meer dan drie glazen dronk, dat ik gedurende gans mijn huwelijkse staat hooguit vier of vijf keer dronken thuisgekomen ben, hetgeen, zo besef ik nu, wel eens ruimschoots te weinig zou kunnen zijn voor mijn geestelijke gezondheid. Daarenboven bestond het mij eertijds haar belachelijke kijk op de dingen te willen corrigeren. Ik zou hebben gezegd: 'Luister eens hier, petanque speelt men om te beginnen niet in een zandbak, het is best wel iets nobelers dan dat.' Maar naarmate de jaren en de haren verstreken leerde ik ongevoeliger te worden voor haar verbale fusillades en hield ik mijn replieken op zak. Tegen de tijd dat het huis was afbetaald, zat het om me heen als een gevangenis. Maar ik vijzelde mijn zelfrespect op met een act van weerstand: het was haar giftigheid tegen mijn onverschilligheid. We namen elk koppig onze stelling in en werden tegader onromantisch oud, overleefden zowaar bevriende koppels die wél liefdevol hadden samengeleefd. Toen we door de burgemeester van onze woonplaats op het gemeentehuis werden gehuldigd voor onze gouden bruiloft, voelde ik mij schuldig ten aanzien van al die prachtige paren die veel te vroeg uiteen waren gereten door een kanker of een idioot met een versnellingspook. Om mijn zinnen te begoochelen accepteerde ik de hulde van de burgemeester, maar dan enkel als één die mij toekwam voor moed en zelfopoffering.

Omdat het volk in deze regionen spreekwoorden behandelt als een dogma, en dus klakkeloos aanneemt dat er, daar waar rook is, ook vuur moet zijn, bestaan er ongetwijfeld mensen die mijn vrouw geloven als ze weer eens heeft verspreid dat ik een onverbeterlijke dronkaard ben. Het klopt dat ik dagelijks twee glazen rode wijn drink. Drink? Dronk! Twee dus. Soms, uitzonderlijk, drie. 's Avonds, na het eten. Die gewoonte heb ik aangenomen ergens halverwege mijn dertiger jaren en zij is gebleven. Bijna had ik daaraan toegevoegd 'tot op heden', maar een seniele slefferaar in een bejaardentehuis wordt na het avondmaal niet bijster veel genot gegund; hij dient te worden volgepompt met allerlei versuffende preparaten, zodat hij braaf in zijn kamertje voor de kijkbuis kan indommelen en het personeel geen enkele avondactiviteit meer hoeft te organiseren.

Helemaal opgeven hoefde ik mijn kleine geneugten van een pantoffelheld niet. In de kantine hier kan ik mij overdag zo nu en dan nog een glaasje rood bestellen. Als ik dwazig, depressieve blik, in mijn zetel zit en ronde Sonja mij professioneel komt opbeuren, mij over de schouderbladen wrijft en zegt: 'Awel, Désiré, zit gij hier zo stilletjes en alleen te verdorsten? Straks droogt ge nog uit. Moet ik u iets halen om te drinken?' Dan durf ik mij een glas wijn te vragen. Dat mag. Het is bocht natuurlijk, meer druivensap dan wijn, spul waar je al een hele krat van moet hebben leeg getutterd wil het de werking van een medicament kunnen lamleggen. Een waterig goedje waar ik uitdrukkingloos aan nip.

'Hier zie, uw glaasje wijn, Désiré. Laat het u smaken. Maar pas op dat ge niet zat raakt en begint te zingen, hè. De andere bewoners zouden kunnen denken dat het dansnamiddag is.'

... Klein, klein, kleutertje.

Goddelijke voorzienigheid was het trouwens die maakte dat ik toevallig net met zo'n, helaas slecht afgewassen, glas Château Migraine in de kantine zat toen mijn vrouw mij voor het eerst in dit tehuis bezocht. De eerste dag na mijn opname. Ik zie haar nog altijd binnenkomen: met een mand fruit, een televisiereclameglimlach en een doos pralines. Natuurlijk deed ik of ik haar niet kende.

'Kijk eens wie er hier is voor u, Désiré: uw vrouw!'

'Wie dat?'

'Uw vrouw!'

'Ah...'

Eenmaal het beeld van haar dolende man volledig ontleed, gilde ze theatraal, hopend dat het verplegend personeel haar vol compassie en feministische strijdlust zou uitluisteren over de lotgevallen van een ongelukkige huisvrouw.

'Maar het is niet mogelijk: zijt gij nu weeral aan het drinken, Désiré! En dan verschiet ge dat ge zot wordt!'

Hetgeen mij inspireerde tot de uitspraak: 'Zet u erbij, Camilla, en drink er eentje mee, op mijn kosten, ik heb hier een rekening staan!'

Onnodig mee te geven dat dit weerzien en mijn opmerking haar diep schoffeerden, niet het minst omdat mijn vrouw helemaal niet Camilla heet. Maar Moniek. Moniek De Petter. Mooie naam, voor op een grafsteen.

(Overigens heet ze volgens haar paspoort niet Moniek maar Monique. Maar dat vond ze geschreven in een te muffige spelling, niet bij haar passen. Mensen die het nodig achten hun naam te veranderen... Moet ik nog meer zeggen?)

Maar ik loop op de zaken vooruit, ik was nog aan het vertellen waar en wanneer het idee vorm kreeg mijzelf een glansrol cadeau te doen, en dat dit waarschijnlijk tijdens een partijtje petanque gebeurde. Meer bepaald door iets wat Roland, mijn vaste spelpartner, vertelde...

Van al mijn makkers is Roland altijd de modernste geweest. Hij was de eerste in mijn nabije omgeving die zich niet liet afschrikken door apocalyptische waarschuwingen voor allerhande tumoren en zijn maaltijden opwarmde met een microgolfoven. De eerste die wist dat een cd-schijfje geen twee bespeelbare zijden had zoals een vinylplaat, de eerste die zich een mobiele telefoon aanschafte en er de zegeningen van prees, die sms'jes verstuurde, naar de personen voor wie die sms'jes bedoeld waren bovendien. De eerste computer die ik ooit in het echt heb gezien, stond bij hem thuis in de woonkamer. Toen wij nog nadachten over de mogelijke gevolgen van internet op ons privéleven, had hij allang een cursus gevolgd, een website voor de club in elkaar gebokst. Roland beheerde zijn bankrekeningen computermatig, boekte reizen vanuit zijn zetel, maakte digitale foto's van onze wedstrijden en plaatste deze op zijn Facebookpagina (overigens zonder ons te vragen of wij dat wel oké vonden). Spelmateriaal kocht hij voortaan via veilingsites. Zo'n man, op de hoogte van alles, die op een dag andermans boule uit de dampkring ketste en ondertussen zei: 'Moet je nu eens weten…'

Veel van Rolands straffe verhalen begonnen met 'Moet je nu eens weten…'

Wel, ja, wij moesten voorzeker weten: een Australiër had zijn hele leven te koop aangeboden op internet!!! Zijn leven dus. Alles wat hij was en alles wat hij had. Zijn vrouw zat niet in de prijs begrepen: zij had hem namelijk verlaten en was ook de reden geweest waarom die mafkees zijn existentie per opbod verpatste. Maar zijn klotejob in een tapijtenwinkel in Perth kreeg je 'r wel bij, net als zijn vrienden Melanie en Em. Ook zijn hobby (skydiven), zijn villa met drie slaapkamers, zijn waterscooter, barbecuestel en sportschoenen van het merk Converse (maat 42) maakten deel uit van het hele pakket. Compleet gedesillusioneerd in van alles en nog wat wou die kerel tabula rasa maken van zijn bestaan. En wat zo mogelijk nóg geschifter was, was dat er zich al meer dan honderd bieders voor die vent zijn leven hadden gemeld en de teller op dat moment op bijna twee miljoen Australische dollar stond!

De fantasie zomaar-eventjes-je-hele-existentie-versjacheren amuseerde ons mateloos, en we beeldden ons luidop in hoe het zijn moest, omgang te hebben met iemand van wie je waarlijk Teeuwes noch Meeuwes wist maar had gekocht als ex-lief. Of om naar iemand toe te stappen en te moeten zeggen: 'Aangenaam, ik heb u zopas gekocht als mijn vader. Hoe is het nog met moeder? Is ze dood? Woeps, dat wist ik niet, stond niet in de advertentie. Al lang?'

Die middag speelde ik niet mijn beste wedstrijd. Ik kon mijn gedachten niet houden bij de match, bleef alsmaar verder fantaseren op het escapistische verhaal van die lijpe aussie. Ik hoor het Roland nog altijd roepen: 'Hey, Désiré, wakker worden! Jouw beurt om te gooien! Je staat daar afwezig te wezen als een dementerende!'

En lachen dat men deed. Zeker toen ik vervolgens mijn boule ook nog eens onbegrijpelijkerwijs de verkeerde kant uit smeet.

*

Ik steek de Styx over en ik neem mee: een tube tandpasta (voor de zottigheid), een verdwaald citaat van Joseph Roth, de wondere herinnering aan een innige kus die ik evenwel nooit heb gekregen…

*

Mensen van mijn leeftijd hebben geen Facebook of ander sociaalderigs met een computer vandoen om de eenzaamheid een loer te draaien, neen, wij komen elkaar in *real life* met gruwelijke regelmaat tegen op begrafenissen en onderhouden zodoende onze contacten met de uitgedunde buitenwereld best vanzelf. Het is, aan het eind van mijn normale burgermansbestaan, met een verkeerd te begrijpen gemak geweest dat ik dikwijls mijn zwarte mantel aantrok, klaar om alweer een oude bekende te begeleiden naar zijn of haar laatste rustplaats. Op den duur moest ik mij erop betrappen dat ik naar het crematorium was gereden zoals ik het ook vele jaren naar mijn werk in de bibliotheek had gedaan: op automatische piloot.

Kun je geloven dat ik het soms mis, het feit zo nooit meer in een koude kerk te staan om er een mij ontvallen makker uit te wuiven? Het hele theater, dat ongetwijfeld het enige is waarin de bijrollen veel begeerder zijn dan de hoofdrol. Het aankomen in de vroegte, terwijl de klokken de doodstijding van een ander klepperen, de samentroeping van oude knarretjes voor het portaal, sommigen stomverbaasd dat het andermaal niet hun eigenste begrafenis is waarop ze aanwezig zijn. De laconieke verzuchtingen: 'Hier staan we dan weer, zie!' En dan de onvermijdelijke vragen. 'Hoe oud was hij? ... Negenenzeventig? ... Ach, dat is veel te vroeg om te moeten vertrekken, in deze tijden toch, maar ja, wat doen we d'r aan?'

Tja, wat deden we eraan?

Wij vinden ons tegenwoordig altijd te jong nog voor de wormen of de schoorsteen. Kaap tachtig overschrijden zou in gebieden waar het gros van de bevolking toegang heeft tot moderne geneeskunde zogenaamd niks lastigs mogen zijn. Als zelfs de katten van vandaag makkelijk twintig worden, enkel omdat de kwaliteit van het dierenvoer uit blik er zodanig op vooruit is gegaan. Dat je als kat verdomme wel heel erg ouderwets moet zijn wil je nog trek hebben in een vette, vlak vóór je muil uitdagend kwispelstaartende biomuis. Toch gooien wij, gepensioneerden, verbolgen ons televisietoestel stuk als daarop een twintiger is te zien, parmantig zichzelf belichtend met het aureool dat hij zich droomt, een snaak in pak, met het zelfvertrouwen van iemand die zonet zijn tweede auto heeft gekocht, bewerend dat hij zijn geloof in de sociale zekerheid helemaal heeft opgegeven, dat hij niet deelneemt aan de stakingen tegen de rechtse hervormingen, want dat hij geen zin heeft om de pensioenen mee te betalen van al diegenen die zich op hun vijfenzestigste definitief hebben uitgeprikt. En je voelt 'm zijn tong te barsten te bijten, om toch maar niet ondiplomatisch-gewijs te zeggen: 'Als al die kale zakken fit genoeg zijn om diverse hobby's te beoefenen, dan kunnen ze net zo goed gaan werken.'

Diep vanbinnen wisten wij, gepensioneerden, bij de aanhef van ieder requiem: de inhoud van de kist die daar uit de koffer van een glimmende limousine werd geschoven wás oud. Onwederroepelijk oud en versleten. Even oud en versleten als wij. Maar omdat wij door een zottigheid van 't Lot nog altijd aan deze zijde van het sterven stonden en ons daarvoor halvelings schaamden tegenover de dode, zeiden we dat hem een paar schone jaren waren ontstolen. Rechtvaardigheid was een menselijk concept, in de natuur viel het nergens te bespeuren. Tenzij de betreurde geveld was door een smerige, pijnlijke ziekte; dan reduceerden we de overledene tot de sukkel die hij gedurende z'n laatste levensfase was geweest en toonden wij ons dankbaar tegenover de dood, zijn verlosser.

We maakten een buiging voor de opgebaarde, spetterden eventueel een paar druppels wijwater over het kistdeksel, condoleerden de nabestaanden die ons van haren noch pluimen kenden en zich afvroegen wat voor belangrijks wij bijgod konden hebben betekend in het leven van de heengegane, en zochten vervolgens onze vaste en veel te harde stoelen op waarop we, vechtend tegen de vaak, de litanieën ondergingen. Hoe dankbaar waren wij eindelijk onszelf uit onze verveling te mogen hoesten wanneer de wierook de katafalk benevelde; gelukkig onze stramme benen te kunnen strekken om aan het altaar een hostie of een gedenkprentje met bijhorend portret en karamellenvers te halen. We luisterden naar de obligate begrafenismuziekjes, die modegevoelig waren en in extremis leken te willen beklemtonen dat de overledene de bezitter was geweest van een hooglijk slechte smaak. En daarna waren alle liedjes uit en verdween het stoffelijk overschot door de grote poort, hopla het grote donkere gat van het eeuwige vergeten in, amen.

In tehuis Winterlicht heeft een begrafenis minder ritus om het lijf. Althans voor dezen die hun uitvaart onder dit dak beleven, zij dus die alleen zijn overgebleven en al uit ieders geheugen waren gewist nog vóór ze de vulling van een grafperk werden. Een pastoor rammelt in zeven haasten zijn gebeden af, voor een publiek van soms één enkele, voor het symbool opgetrommelde non. Geen treurmars, geen klokgelui, geen elegieën voor een leven waar niemand meer het fijne van weet en dat hooguit nog sporen naliet in een medisch dossier of drie. Een lijkwagen komt de achterkant van het gebouw op gereden, daar waar leveranciers hun ladingen lossen en ook de vuilbakken staan, laadt het lijk op, en bolt er stilletjes mee weg. Een kamer komt vrij, de molen draait voort.

Neen, dan hield ik er meer van om nog even na de begrafenisceremonie op het gemeenteplein na te kaarten met de overblijvers. Om half-troostende herinneringen op te halen. Tijdens de laatste uitvaart die ik zogenaamd met mijn volle verstand heb bijgewoond stonden we onder de platanen van het dorp, toen iemand van de vaste kliek zich liet ontvallen: 'De volgende keer dat wij hier in onze zwarte impermeabel tegader staan, zou het wel eens voor Rosa Rozendaal kunnen zijn!!' En ik vraag mij nog altijd af of het mij toen was aan te zien hoezeer ik hierdoor van slag was gebracht.

Rosa. Rosa rugosa. Rosa nitida. Rosa villosa. Rosa Rozendaal.

De naam van Rosa Rozendaal had ik in geen vijftig jaar meer horen vallen. Eerlijk gezegd had ik er ook niet meer op gerekend die ooit nog uit iemands mond te horen. Van Rosa had ik gedacht dat zij lang geleden was verkast naar elders, waar het bestaan dat tikkeltje boeiender was, en met een man, uiteraard. Ik veronderstelde dat ze kinderen had gekregen die allemaal aan de universiteit konden studeren en dat zij zelf, na een rijke carrière, inmiddels vol overgave een volgende generatie begrootmoederde. Plausibel.

Rosa Rozendaal... Zestien was ik en zij het eerste meisje met wie ik heb gedanst, op één van de allereerste feesten waarop ik van m'n ouders mocht aanwezig zijn. Feestzaal De Albatros, een kermiszaterdag. De in onze streken niet onbekende Victor Wartel had in de vooravond de jaarlijkse wielerkoers gewonnen, hetgeen een invloed leek te hebben op het debiet van de tap. En The 3 Jacksons, wereldsterren in gebieden net boven en onder de zeespiegel, speelden even later woest accordeon: bewerkingen van Fats Domino-songs, de *Muskat Ramble*... en andere dingen waarvan pukkelkoppen destijds hun dak uit gingen.

Van veel veroveraarskunsten kon ik niet worden verdacht; geheel tegen de gebruiken van die tijd in was het Rosa geweest die mij ten dans had gevraagd. En daarmee was ik de grootste bofkont van op z'n minst het noordelijk halfrond. Rosa: ik durfde haar amper aan te kijken maar stond er zo wel eventjes mee op de dansvloer. Geen god die begreep waaraan ik dat kon hebben verdiend. Geen god, en ik nog minder. Tegenover alle jongens die mij door de rook van hun Belga-sigaretten nijdig aankeken had ik mij willen excuseren. Ach, moet het verteld dat er aan mij geen groot danser verloren was gegaan? Ik kon de maat houden, ja, maar daarmee was alles ook verteld. Toch werd ik kennelijk goed genoeg bevonden om nóg een lied met haar te dansen. Iets wilds en duivels, rock-'n-roll, een nieuwe wind die door dansonkundigen als mezelf hartelijk werd verwelkomd aangezien men op deze ritmes het gebrek aan techniek ruimschoots kon compenseren met inzet. Vervolgens kreeg zij het warm, zei ze, wou ze buiten een fris luchtje gaan scheppen, en vroeg ze of ik meeging. Tot daar waren alle voorbereidende werken door haar verricht. Het ondernemende type. Maar nu was het aan mij. Ik hoefde niet naïef te zijn en wist wat mij te doen stond. Geen enkel meisje vroeg een jongen zomaar om te zomaren mee naar buiten. En al helemaal niet nadat ze samen hadden gedanst. Maar ik deed niets. Stond daar maar wat naast haar. Te staan. De lulligste vragen te bedenken die een jongen op zulke kapitale ogenblikken bedenken kan. Waar ze naar school ging, of ze graag naar school ging, welk beroep ze gedacht had te willen uitoefenen, en, godbetert, of ze er enig idee van had of ze kinderen wou en indien ja hoeveel... Het was omzeggens mijn eerste feest, ik had mij een keurige heer willen tonen, benadrukken dat ik niet uit was op snel succes bij de meisjes. Van alle grote geheimen die eigen waren aan het vrouwelijk exemplaar van onze vaak walgelijke soort, dacht ik er eentje te hebben ontsluierd, namelijk dat vrouwen als de dood waren voor kerels die te snel en te gericht overgingen op 'de actie'.

Rosa had het ondertussen natuurlijk weeral koud gekregen (*je had haar moeten warmen, stommeling*) en stelde voor om maar terug naar binnen te gaan, die drie Jacksons waren nog altijd bezig. Ik begreep meteen dat ik een kans, die mij op een gouden dienblad was aangereikt, met verve had verknald. Zij, wat moet zij hebben gedacht? Dat ik voor de jongens was? Haar niet mooi genoeg vond? Dat ik weldra voor een opleiding in het seminarie zou kiezen, tenslotte studeerde ik toch al Latijn nietwaar? Geen idee, maar de vogel was gaan vliegen en is nooit meer weergekeerd. Enkele malen heb ik Rosa nog gezien, in de maanden nadien, aan de zijde van een jongen met een vollere snor dan de mijne, en de aanblik deed mij telkens zeer tot in de wortels van mijn kiezen. Maar nadien loste ze ruisloos op. Nooit meer weergezien. Had iemand mij verteld dat ze in het buitenland was gaan wonen, ik zou het zonder moeite hebben geloofd.

Het is onvermijdelijk in ieder mensenleven dat men op een bepaald ogenblik, soms met een reden maar dikwijls ook gewoon zonder, terugkeert naar één van die kleine kantelpuntjes in het bestaan. En dat men zich afvraagt hoe het ons zou zijn vergaan indien wij maar enigszins anders hadden gebalanceerd op dat moment. En vanzelfsprekend kom ik tijdens zulke zinloze, haast masochistische beschouwingen meermaals bij Rosa Rozendaal uit, bij zij en ik staande op de parking van feestzaal De Albatros. Alle mogelijke kanten die ik die dag met mijn leven op kon, heb ik in gedachten al genomen. Maar het is een denkoefening zonder oplossing, en de gevaren om gemankeerde lotsbestemmingen te verheerlijken zijn groter dan wij voor lief houden.

Hoe een naam na vele decaden recht in je mombakkes wordt geboemerangd.

'... Moet je nu eens weten: de volgende keer dat wij hier in onze zwarte impermeabel tegader staan, zou het wel eens voor Rosa Rozendaal kunnen zijn. Ik heb gehoord dat ze ineens fel achteruitgeboerd is. Het bovenkamertje, weet je wel. Aderverkalking. En dat er niets anders op zat dan haar te laten opnemen, de sukkelares, zo jong ook nog.'

En daarmee was elkeen weer uitverteld en ging ieder zijns weegs, om in de tuin een haag te scheren, een kippenkot te timmeren, met de hogedrukreiniger de terrastegels schoon te spuiten... We wensten elkaar het beste en stoven uiteen om pas weer te convergeren bij een volgende begrafenis.

*

Ik steek de Styx over en ik neem mee: een tube tandpasta (voor de zottigheid), een verdwaald citaat van Joseph Roth, de wondere herinnering aan een innige kus die ik evenwel nooit heb gekregen, broodkruimels...

*

Het was één van die ronduit prachtige zomerdagen waar de drassige zomen van de Noordzee veel te zelden in worden ondergedompeld. Onze kinderen waren op bezoek en zaten samen met ons in de tuin waar zij ooit (ach, zopas nog) rond hun onschuld en verveling schommelden, kampen bouwden. Hugo, onze zoon, samen met Lisa, zijn derde del, en de hele godganse lawaaierige puberbende die zij samen aan verschillende relaties hadden overgehouden. Alsook onze dochter, Charlotte, die het beter leek te hebben aangepakt en nog altijd in harmonie samenleefde met haar eerste echte vlam, Pascal, doch het verstand had zich niet voort te planten. Volgens mijn vrouw, die immer en over alles een mening heeft, omdat er impotentie in het spel was.

'Ha ja, want waarom zou onze Charlotte anders kinderloos blijven? En waarschijnlijk ligt het nog aan hem ook. Met die spannende jeansbroeken die hij altijd draagt. Ze zijn om te beginnen lelijk, die broeken, en je stamboom sterft ervan af!'

Ze hield zich niet in op de meest onmogelijke ogenblikken het gespreksonderwerp in de richting van de spermabank te loodsen telkens Charlotte over de vloer kwam.

Die zomermiddag moest de moederkloek nodig haar afkeer voor subtiliteit demonstreren en stond ze plots met een strip erectiemedicijnen in de tuin. Net na het opdienen van de toastjes met plattekaas en radijs was dat.

'Zeg, kan iemand hier toevallig iets mee doen? Erectiepilletjes! Ze zijn voorgeschreven voor vader, maar hij denkt alleen nog aan zichzelf en weigert ze te nemen! Niemand? Pascal ook niet? Neen? Zeker? Honderd procent zeker?... Dan zijn ze voor de vuilbak!'

U kunt het zich inbeelden, hoe plomp de stilte over

onze tuin viel. Hoe iedereen het vermeed mij te moeten aankijken.

Wat was er aan dit tafereel voorafgegaan? Achter mijn rug was het serpent luisterend naar de naam Moniek De Petter bij haar huisarts 'r beklag gaan doen over haar mager liefdesleven. Eenmaal daarvan terug kwekte ze olijk: 'Ik heb met dokter Dumoulin gepraat over uw probleem en weet je wat? Hij heeft mij dit meegegeven: Levitra! Het is hetzelfde als Viagra, maar met iets minder naamsbekendheid. Maar in centimeters blijft het natuurlijk allemaal wel hetzelfde. Plus: een minder bekende merknaam heeft als voornaamste voordeel dat niemand denkt aan wat ie zou moeten denken wanneer je die pillen uit verstrooidheid ergens hebt laten rondslingeren...'

Er waren al echtgenotes voor minder van een brug gegooid.

Natuurlijk voelde ik mij vernederd in het aanschijn van mijn kinderen, die zo tactvol waren het gesprek meteen op iets anders te brengen. (Hugo begon over Kreta, dat het eten daar toch zo lekker was geweest. En goedkoop nog, al bij al.)

De publieke aanval van mijn vrouw die middag op mijn trots was niet alleen onbeschoft, hij was ook volkomen onterecht. In het begin van onze echtelijke relatie, eerste helft jaren '60, kon Moniek mij doen geloven dat ik een laag-bij-de-gronds dier was, enkel omdat ik het af en toe betaamde een ander standje voor te stellen dan dat ene waarin wij uitsluitend maar de liefde bedreven. Ook de frequentie waarmee ik zin had vond ze aan de bestiale kant. Twee keer per maand was haar al wild genoeg, wij waren tenslotte geen konijnen. Tijdens haar twee zwangerschappen werd er per definitie niet gevrijd, dat vond ze namelijk onfatsoenlijk. Het gedacht dat die baby daarbinnen de hele tijd m'n zwabber in z'n gezichtje kreeg, jakkes!

Om me te beschermen tegen allerlei verwijten liet ik voortaan ieder initiatief van haar komen, ook al begreep ik hiermee mijn seksleven geen dienst te bewijzen. Of zij ooit één keer een orgasme heeft gehad kan ik niet met zekerheid zeggen. Eerlijk gezegd denk ik van niet (het haar rechttoe rechtaan vragen was geen optie), maar ik ben ermee opgehouden mijzelf daaromtrent verwijten te maken. Natuurlijk, ik had mij als jongeman een op erotisch vlak florissantere toekomst gedroomd en heb in stilte geleden onder de ontgoocheling van mijn paradijsloze huwelijk. Nooit heb ik mezelf voor dit ontstolen geluk getroost in andere armen. Ik zou het mezelf kunnen vergeven hebben. Makkelijk. En nooit ofte nimmer zou ik mijn scheve schaatsen hebben opgebiecht; de lieve vrede heeft tenslotte ook haar rechten. Maar ik kende niets dan de kilte van Moniek en putte daaruit uiteraard niet het nodige vertrouwen in mijzelf als minnaar. Overigens dien ik ook te zeggen dat er zich gewoonweg niemand aandiende. Mijn libido is langzaam uitgedoofd en als ik eerlijk ben vertel ik er meteen bij dat ik blij was dát het uitdoofde. Ik kon er toch niets mee. Wij moesten nog veertig worden toen de seksuele contacten die wij nog hadden per jaar waren te tellen op één hand.

Bizar genoeg ontwaakte mijn vrouw op passioneel gebied toen ik mijn celibaat al helemaal had aanvaard. We sliepen inmiddels elk in aparte kamers, naar de buitenwereld toe omdat het gesnurk van de ene en het gewoel van de ander ons beider nachtrust niet ten goede kwam. En zij kwam opeens weer vaker op mijn deur kloppen en moest daar keihard leren dezelfde ‘neen’ te incasseren als deze die mijn mannelijke eer lang geleden al met de grond gelijk had gemaakt.

‘Konijn!’ riep ik dan, maar gevoel voor humor had ze niet.

Nu we lelijk waren geworden zou ze opeens zin hebben gekregen in de liefde. Kom, zeg. Neen, zij was een zeer onsportief verliezer en nam wraak door mij in het bijzijn van anderen te vernederen. De deur van mijn slaapkamer is, figuurlijk dan, altijd dicht gebleven. Niemand heeft ooit uitstaans gehad met wat zich daar afspeelde en, vooral, niet afspeelde. Maar nu zij mij op deze manier valselijk in de zeik zette bekroop mij de lust om mijn kinderen te vertellen dat het een waar wonder was dat zij überhaupt waren verwekt, gezien de preutsheid van de koelkast waarmee ik was getrouwd.

Zag haar daar staan, verdomme, de huichelaarster, met die strip erectiepillen.

Maar iemand moest de slimste zijn, en zwijgen.

Bovendien rijpten de plannen voor mijn slotoffensief volop.

Dus ja, ik zweeg. Mijn specialiteit. Het tuinfeest mocht niet worden vergald.

Onze kinderen waren nog niet op de hoogte gebracht van het feit dat dit misschien wel eens de laatste keer kon zijn dat wij daar verenigd als gezin in deze tuin zaten. Het was simpel: ik kreeg hem niet meer onderhouden, punt. Het gras maaien nam almaar meer tijd in beslag en liet zich voelen in mijn onderrug; ik gunde de natuur steeds vaker haar eigen smaak en was ermee begonnen het onkruid te laten staan, de snoeischaar had dat jaar het tuinhok niet meer verlaten. Oud worden is niets, oud zijn is erger. Behalve de tuin was er ook nog het buitenhoutwerk dat ik jaarlijks of dan toch zeker tweejaarlijks een nieuwe, beschermende laag moest geven. Plus al die andere ontelbare klussen die eigen zijn aan het bezitten van een woning met tuin en die ik niet meer opbracht. Een verkalkte kraan, een afzakkende deur, een losgekomen riem van de wastrommel... Titanentaken werden het.

'Je bent lui! Je laat je veel te makkelijk hangen!' Dixit mijn vrouw. Wie anders. 'Kijk eens naar de tuin van de buren, hoe mooi die onderhouden is. Michiel heeft dit jaar zijn haag nog in de vorm van een zwaan geknipt. Moest er een Japanner passeren, hij nam er ogenblikkelijk een foto van. En hoe oud is Michiel, denkt ge? Drie jaar ouder dan gij!'

Voor haar was de strijd tegen de aftakeling een wedstrijd.

'Hebt ge Lucienne gezien? Zo slecht ter been! Zou zij nu echt niet wat meer haar best kunnen doen om haar voeten op te heffen? Ik heb het haar gezegd: Lucienne, ge gaat u toch wat courageuser moeten tonen in uw verzet tegen de ouderdom of ze leggen u zo één twee drie uw graf in! Elke vorm van luiheid wordt ons op onze leeftijd verschrikkelijk afgestraft... Oei, oei, oei, dat had ik haar precies niet mogen zeggen. Kwaad kijken dat ze deed naar mij...!'

Wat Moniek minder luidruchtig de gebuurte rond toeterde, was dat zij zelf natuurlijk ook niet perfect geharnast was tegen de tijd. Haar olifantenmarsen door huis met een stofzuiger duurden langer, zij moest zelfs vaker dan haar lief was haar oorlogen tegen de pluizen en de kobben buiten adem onderbreken voor een pauze. Op de fiets van en naar de bakker hield zij zich niet altijd meer recht, en voor een gepensioneerde met kalkarmoe kan elke smak tegen het asfalt het simpele begin van het einde zijn. De heup is onze grootste vrees.

Lang en pijnlijk was het proces geweest, maar in feite waren we 'r rijp voor ons huis te verkopen en ons in de stad een flat aan te schaffen. Zij had zich het heftigst verweerd tegen iets wat ze als een collaboratie met de ouderdom zag. Lafhartige capitulatie, zo'n appartementje, waarmee een mens zichzelf gewende aan het regime van een bejaardengesticht...

In feite had ik dus opgelucht moeten zijn toen Moniek bekende tóch klaar te zijn voor iets kleiners in de stad, een plek met allerhande winkels heel nabij, en waar ze minder ramen te lappen had. Doorslaggevend was geweest dat ze, zonder al te veel erg, in bad was uitgegleden, vervolgens drie uur in het water had liggen weken, wachtend tot ik haar hulpkreet hoorde en uiteindelijk kon bevrijden uit de kuip die ze zelfstandig nog wel in, maar niet meer uit raakte. Ja, dan was de gedachte aan een flat met hedendaagse gemakken zoals een douche hartverwarmend. Maar groter nog dan mijn vreugde om het feit dat ik nooit nog een buitenmuur te verven had, of mollen te verdelgen, was ondertussen mijn weerzin voor een verhuis met deze vrouw. Die tuin, hij mocht dan nog zoveel van mijn stramme spieren vergen, was wel mijn kleine toevluchtsoord geweest al die jaren, een plaats waar ik even alleen kon zijn. Waar ik de vogels voederde en voor de duur van dit voederen blij was met mijn rol in de kosmos. Op een appartement zou ik nóg dichter kin aan kin zitten met mijn vrouw. Met een beetje meeval vonden we iets met een balkon waarop een droogrekje plus een bloempot kon. Ik zag op tegen het te koop stellen van onze woonst, het over de vloer krijgen van makelaars en kandidaat-kopers en hun strijd om elke los te peuteren cent, de gladde gesprekken met de bloedzuigers in al die bankkantoren, kerels die klaarstonden je volledig uit te persen als je om een onnozel overbruggingskredietje vroeg, de paperassendoolhof langsheen notarissen, het moeten aanvragen van een nieuw vast telefoonnummer... En boven op al die rompslomp dan nog eens Moniek, die het niet over haar hart zou krijgen de zolder leeg te maken om definitief afscheid te nemen van duizend-en-één spullen waar ze in geen eeuwen meer naar omgekeken heeft maar die zij toch onmisbaar achtte, zodat die flat onbewoonbaar vol zou zijn gestapeld met rommel. Als vele vrouwen had die van mij chronische schoenitis: geen schoenwinkel die zij ongeïnteresseerd voorbijlopen kon. Bijgevolg stond er in onze garderobe honderdnegenenveertig paar schoenen, en daarvan zou zij niet één paar willen weg-doen. Neem daarbij het wetenschappelijk aantoonbare gegeven dat deze ziekte in negen van de tien betreurens-waardige gevallen gepaard gaat met handtasitis, en je weet dat de weinige vierkante meters in zo'n flat zouden worden ingepalmd door lederwaar. Sloot ik mijn ogen, dan hoorde ik haar d'r kraan met wijze praat wijd open draaien:

'Wat zou ik nu schoenen of handtassen moeten weg-doen om ruimte te winnen? Jij kan toch je grasmaaier niet meenemen naar die flat? Of jouw kettingzaag? Met je schroefbank kan je ook al niets daarginds. Reken maar uit! Hoeveel schoendozen kunnen er in een gras-maaier?'

Neen, ik had er de fut niet voor dit allemaal nog te doorstaan. Ook de romantiek van het ruziën om de nieuwe kleur van de gordijnen, de inrichting van de badka-mer, het motief van de keukentegels... dank u, dank u wel! Ik had al eens een huis ingericht met Moniek, en dat had toen ook romantisch moeten zijn.

De vol-au-vent was opgediend, de aardappelpuree even-eens. (Voor Charlotte, die geen vol-au-vent naar binnen kreeg, waren er kaaskroketten.) En moeder, dat epicen-trum van alles wat ademde en kortingsbonnen uit bla-den knipte, zei: 'Kinders, we hebben jullie iets belang-rijks te vertellen! Zeg jij het hun, Désiré?'

'Hè? Wat?'
'Zeg jij het?'
'Maar wat dan?'
'Wel, wat we gingen zeggen. Het nieuws, tiens!'
'Het nieuws?'
'Wel ja, hét nieuws!'
'Kan dat niet wachten tot na het eten?'
'Waarom zou dat moeten wachten? Het eten mag toch weten wat wij doen met ons leven? Allez, spreek op, straks vrezen de kinderen nog dat het iets ergs is.'

Ik zei: 'Vooruit dan, omdat je zo aandringt... Hugo, Charlotte, wij moeten jullie plechtig iets melden, namelijk: uw moeder heeft haar honderdvijftigste paar schoenen gekocht!'

Mijn schoonzoon, Pascal, moest verschrikkelijk lachen, maar dan wel als enige.

Moniek bracht dan maar zelf Het Bericht: 'Jullie vader brengt het niet meer op om verfborstels uit te wassen, en dus zien we uit naar een appartementje in de stad waar hij op zijn luie kont kan wezen fossiliseren in de zetel!'

Ik meende zowaar ontgoocheling in de ogen van de moederkloek te lezen, enkel omdat onze kinderen zich niet rouwig toonden om het afscheid van hun ouderlijk huis. Zij had gehoopt op theatrale reacties, pantomimes die ongetwijfeld hun oorsprong vonden in een zorgeloze en in herinneringen eeuwig te koesteren kindertijd. Maar Hugo en Charlotte waren kort en unaniem in hun oordeel: 'Jullie hadden die beslissing al veel eerder moeten nemen. Het is niet menselijk meer dat vader op zijn leeftijd en met zijn slechte rug nog een ladder op kleffert om de chambrantes te lakken of de dakgoot te reinigen...'

En toen, een gil uit het niets: 'Taart! Ik ben de taart vergeten kopen!'

Voedingsdeskundigen zijn het erover eens dat het ontbijt de belangrijkste maaltijd van de dag is, maar voor Moniek is dat het dessert, bij voorkeur taart bestaande uit een krokante bodem, crème au beurre en in gelei versmachte vruchten. En een toef slagroom, uiteraard. Dat het simpelweg uit haar hoofd was vervloden nog een taart te moeten kopen voor die middag maakte mij onrustig: straks was zij nog eerder dement dan ik!!!

'Moniek, alstublieft, maak u niet druk om die taart, wij hebben meer dan genoeg gegeten. Daarbij, al wat wij vandaag niet naar binnen schrokken moeten wij morgen tenminste niet opnieuw zien kwijt te spelen op een fitnessbank.' (Lisa, de schoondochter: iemand die altijd zeer precies haar lichaamsgewicht kende. Bij het zien van een aardappel dacht ze spontaan aan kalium.)

Mijn schoonzoon moest zelfs verheugd zijn met het vooruitzicht dat er geen schep taart meer onder zijn neus zou worden geschoven. De stakker had onder halfzachte dwang drie diepe teljoren vol-au-vent moeten leeg lepelen. En in totaal vijf porties puree. Want ook al was hij ondertussen reeds kaap veertig gepasseerd: 'Een jonge mens als u moet goed kunnen eten!'

Wanneer hij een zesde portie weigerde keek Moniek hem onbegrijpend aan: 'Stopt ge al! Maar jongen toch, gij valt mij tegen. Ge weet toch wat ze bij ons thuis vroeger zeiden? Slechte eters, slechte werkers! Dat zeiden ze!'

Maar taart dus. Er moest en er zou taart zijn. Wat een koddig gedacht was het geweest van sommigen, dat een maaltijd met de hele familie in de tuin niet zou worden besloten met een stevige hap patisserie!

'Désiré, heft uw gat op en rijdt ons om een schoon stuk taart! Dan weten uw benen weer wat bewegen is!'

Anderhalf uur later pas keerde ik weer.

'Awel, wereldreiziger, waar hebt gij gedorie gezeten? En dan waart ge nog zonder telefoon op de baan ook, we konden u geeneens bereiken. Ons Charlotte, dat kind, is op haar nagels beginnen bijten van de zenuwen. Het is geen wijze van bestaan voor een vrouw, te moeten rondlopen met ratachtig afgeknabbelde vingernagels. En dat allemaal door uw gedrag!'

'Hoezo, waar heb ik gezeten? Ik moest toch naar de winkel!?'

'Natuurlijk moest gij naar de winkel. Maar moest dat werkelijk anderhalf uur duren om een taart te kopen? Of gaat ge mij vertellen dat ze nog in de oven zat?'

'Een taart?'

En ik zette een spiksplinternieuwe broodrooster op de tuintafel en zei: 'Het is een goeie. Prijs-kwaliteit zelfs de beste! Er staat twee jaar garantie op.'

Uit de blikken die onze kinderen met elkander wisselden las ik hun paniek. Zij wisten hoe laat het was.

Mijn voorstelling was begonnen. Het voorprogramma.

*

Moeder de gans zat in haar zetel, de zetel die altijd was bekleed met dekens zodat de kussens ervan niet vuil werden, en kwekte, in afwachting van de soapserie waar ze al drieëntwintig seizoenen verslaafd aan was:

'Zullen we een spelletje spelen?'

Moniek heeft nooit iets gehad met spelletjes, te frivool. Maar ze vond zichzelf wellicht slim genoeg om te geloven dat ik niks in de mot had.

Ik zei: 'Welk spelletje?'

'Een geheugenspelletje! *Ik ga op reis en ik neem mee!*'

'Ga jij op reis?'

'Neen, dat spelletje heet zo, Ik ga op reis en ik neem mee. Ik zeg bijvoorbeeld "Ik ga op reis en ik neem mee: een EHBO-kit." En daarna is het aan jou en mag jij daar iets aan toevoegen, maar je mag niet vergeten mee te nemen wat ik ook al in de reiskoffer heb gestopt. Dus, jij zegt dan iets als "Ik ga op reis en ik neem mee: een EHBO-kit en drie paar sokken". Enzovoort. Zullen we?'

Ik zei: 'Maar ik wil helemaal niet op reis! Vertrek maar zonder mij!'

Haar soapserie begon aan haar elf miljardste aflevering, ze kon het gebruiken in haar strijd tegen de moedeloosheid.

*

Op papier leek het makkelijk: ik zou min of meer aftakelen gelijk zo'n vereenzaamde rots uit een westernfilm: traag, met iets van schoonheid, en onverbiddelijk. Vergrijzen en geleidelijk ook verdwijnen in de door mijzelf gespuide mist. Zodanig zachtjes naar de knoppen gaan dat de existentiële nacht uiteindelijk haast onopvallend viel. Als levenskunst bestond, dan ook stervenskunst. Maar mijn honger naar resultaat was zo groot dat ik beducht moest zijn voor de voortvarendheid. Bovendien hád ik natuurlijk al mijn leeftijd en wás ik uiteraard al flink bezig af te glijden naar de zieligheid waar elke bejaarde zijn deel van krijgt. Onnodig de vaardigheden op te sommen die ik sowieso reeds was kwijtgespeeld toen ik aan mijn laatste en grootste avontuur begon. Het waren er om van te janken veel, mijn niet meer te repareren gebreken, dat is zeker. Het ging mij dus eigenlijk best al snel genoeg, de roetsjbaan richting graf. De mijlpaal het-zelf-niet-meer-kunnen-knippen-van-mijn-teennagels was ik alleszins reeds voorbij gevlamd en alle toeters en trommen waren daarbij wijs'lijk stil gebleven. Mijn leven, dat ik grotendeels als mislukt beschouwde, liep hoe dan ook ten einde. Het was niet dat ik met mijn plannetje mijn aanwezigheid op aard nog veel bestal.

Eigenaardig genoeg heb ik ervoor gekozen een rol te spelen in het stuk dat ik altijd al het meeste vreesde: dementie. Mijn geheugen stond het mij achtendertig jaar lang toe feilloos het beroep van bibliothecaris uit te oefenen, en dat in een tijdperk waarin de fichesbakken langzaam werden vervangen door de eerste, monstrueuze computers en een mens dus nog grotendeels was aangewezen op de volledig biologisch afbreekbare databank tussen zijn oren. U gaf mij de naam van een auteur of een onderwerp op, en ik spoog een resem titels uit. Zonder dralen. Iemand liet bijvoorbeeld de auteursnaam 'Louis Albrechts' vallen, en ik vulde ogenblikkelijk aan met 'Stedelijke en regionale planning in Schotland'. En dan noem ik een titel die niet één keer is uitgeleend (want wie bijgod in onze provinciale slaapstad kon zich boeien in de Schotse planning van wat dan ook?) maar die gewoon in mijn hersens stond gespijkerd doordat ik dagelijks de boekenrug van dat werk in mijn vizier kreeg. Wellicht duizenden namen, titels en onderwerpen kon ik zo in een handomdraai met elkaar in verbinding brengen; een bescheiden talentje dat mijn bestaan rechtvaardigde volgens menig luie student met een opgelegd thema voor een opstel of een spreekbeurt. Een olifantengeheugen, zou men zeggen. Maar mijn bril speelde ik echter wel tien keer per dag kwijt, mijn autosleutels evenzeer, namen van buurtbewoners gingen het ene oor in en floepten er langs het andere meteen weer uit. En als ik mij niet wapende met een boodschappenlijstje kwam ik geheid met óf de verkeerde, óf ruimschoots te weinig waren thuis. Mijn verstrooidheid is legendarisch, voor zover er tenminste al iets legendarisch zou kunnen zijn aan mij. Ik heb het meer dan eens klaargespeeld een lasagne in de oven te stoppen, zonder die oven op temperatuur te hebben gebracht. Twee, jawel, twéé automotoren heb ik om zeep geholpen door diesel te tanken in plaats van benzine, en de kinderen vertellen het op feestjes nog altijd na hoe wij ooit op vakantie waren vertrokken naar onze favoriete camping aan het Lac du Bourget en dat het mij aan de Franse grens pas daagde dat ik vergeten was de caravan aan de trekhaak te hangen. Het waren situaties die Moniek meermaals besloot met de uitroep: 'Daar heb je 't, het is zover: het syndroom van Gorbatsjov! ... De drank, niets anders...'

De geit!

Het bracht niet op dat ik zei dat ook zíj in hun hoedanigheid van passagier hadden kunnen opmerken dat de caravan niet aan de wagen hing. Neen: ik was de chauffeur, diegene die voortdurend in de achteruitkijkspiegel keek, dus ook de enige die verantwoordelijk werd gesteld voor de extra kilometers die er door mijn nalatigheid moesten worden gemaakt...

Maar goed, ik was zelf toch ook niet helemaal gerust in mijn vergeetachtigheid en heb mijn diepe bezorgdheid daaromtrent geuit bij een kennis die thuis was in de neurologische branche. Wat was het dat maakte dat mijn hersencellen jongleerden met stoffige encyclopedische weetjes waarmee je misschien een quiz kon winnen, en dat zij terzelfder tijd niet het minste vat hadden op, nochtans veelvuldig gevormde, telefoonnummers, verjaardagsdata, namen van vrouwen van vrienden, de namen van de kleinkinderen van mijn broer, ook al stond zijn tater geen ogenblik stil als het over zijn nazaatsels ging...? Al dat alles en de vele pietluttigheden des levens die een benaming hadden gekregen, gleden al jaren los door mij heen, zonder dat ik er maar iets van grip op kreeg. Neem daarbij het genetisch verzwarende feit dat ik twee grootouders heb weten versimpelen. De moeder van mijn moeder zag indianen met een hakbijl dansen rond het bed waarin ze maar niet leek te kunnen sterven; ze schreide en zweette en piste haar lakens nat van angst, de klok rond, tot grote vermoeienis van de nonnen die haar vastbonden en met gebeden hoopten te genezen. Men zou zich van minder gepredestineerd weten en in elke vleug vergetelheid het eerste, aarzelige teken van het verval herkennen. Maar die kameraad van me en notoir onderzoeker van de bovenkamer stelde me gerust met een wonderschone beeldspraak. Hij zei: 'Als je een naam zoekt en je hebt het gevoel tevergeefs in een lade te scharrelen, dan zit je nog altijd goed. De essentie blijft dat je over die lade beschikt, dat je die ene schuif bezit waarin je al jouw namen en data hebt opgeslagen. Bij alzheimer, of dementie, is de hele kast weg.'

Met die beeldspraak kon ik wat. Tegenover de buitenwereld doen alsof de hele kast aan het wegrotten was, dat was nu mijn opdracht.

Maar rottenis heeft haar ritme, en danige haast zou mij verraden.

Het is geweten dat bij in regel vaak verstrooide mensen dementie veel later wordt vastgesteld. Dus ook ik zou ermee moeten leven dat mijn omgeving zich aanvankelijk niet van de wijs liet brengen door mijn weinig verrassende zottigheden. Túúrlijk had ik niks dan angst gelezen in de ogen van mijn kinderen toen ik met een broodrooster thuiskwam, in plaats van met een taart. Maar een paar minuten later haalden zij toch weer geamuseerd herinneringen op aan talloze andere stommiteiten mijnentwege, waarbij het verhaal van de caravan andermaal op het repertoire werd gezet en immer nog lachstuipen veroorzaakte.

Die papa met zijn versufte kop toch.

De frequentie van mijn verstrooidheden lichtjes opdrijven leek me in de aanloopfase nog de beste strategie. En ik moet het zeggen zoals het was: ik beleefde een oud en halvelings vergeten plezier zoals wellicht enkel peuters en surrealisten het weten te savoureren, het eenvoudige amusement de werkelijkheid op haar kop te zetten en alle zaken uit hun dagelijkse, vastgeroeste verband te halen. In plaats van de vuilzak buiten te zetten, plaatste ik de wasmand op de stoep (die tot grote woede van mevrouw De Petter ook nog eens verdween), vers gekocht brood voerde ik ogenblikkelijk aan de vogels, in de douche stond ik met mijn kousen aan, de vuile vaat stak ik in de wasmachine (afradertje: maakt een hels lawaai dat vervolgens wordt overtroffen door een snerp gekeel van je eegade die het porseleinen eetservies van haar ouders naar de klingelklangel ziet gaan in een wasprogramma voor katoenen hemden). Ik deed tomatensoep in de koffiethermos, hing theezakjes in de wc-pot, draaide op het hondst van een zomermiddag de verwarming helemaal open… Tot het in dat breintje van Moniek was doorgesijpeld dat er nu écht wel aanzienlijk meer in het spel was dan enkel verstrooidheid. En om dat heuglijke moment van besef beter te schetsen moet ik snel terug naar één van mijn eerste huwelijksnachten, ik geloof de derde of de vierde.

Meer bepaald de nacht waarin ik het erop waagde onder de lakens mijn eerste wind te laten in het bijzijn van haar die zopas nog voor vorst en God had gezworen de mijne te zijn in goede en kwade dagen. Het was geen vulgaire scheet. Ik bedoel, ik heb niet bepaald extra zitten persen om mijn mogelijkheden als petomaan te etaleren. Evenmin betrof het een stinkbom die blijvende schade op de luchtwegen zou veroorzaken bij allen die haar odeuren hadden opgesnoven. Neen, gewoon, een ordinaire wind waarvan er dagelijks miljarden roemloos worden geboren uit het verluchtingshol van mens en dier, en die allerminst de kracht kon hebben om een man en een vrouw uit elkaar te drijven. Doch mijn knal had nog maar geklonken of mijn kersverse echtgenote raakte helemaal buiten haar zinnen van colère. Met wie ik soms gedacht had dat ik in het huwelijk was getreden? Een barbaars, onopgevoed mormel? Iemand die de gewoonte had bij de vaarzen te slapen?

Er was geen kalmeren aan. Moniek was uit bed gesprongen en nam de fiets naar haar ouderlijk huis, waar ze de komende twee nachten doorbracht. Ik ben het nooit te weten gekomen wat ze haar familie toen over mij heeft verteld. Ze zal wel iéts moeten hebben verteld, want normaal kon men het niet vinden een gehuwde dochter in volle wittebroodsperiode opnieuw thuis te krijgen.

('Moeder, help, ik ben met iemand getrouwd die scheten laat!')

Toen ze terugkwam – als van een desinfecteringskuur; en woest ook omdat ik geen enkele moeite had ondernomen haar terug in huis te halen – heb ik haar moeten beloven mij niet één keer meer in haar buurt te verlagen tot dergelijke bestialiteiten. En ik weet nu dat ik daar de laatste kans heb gemist om alsnog iets te maken van mijn bestaan. Zij, tenslotte, was weggegaan; het recht stond aan mijn zijde. Ik had met opgeheven hoofd van haar kunnen scheiden. Maar ik nam haar weer binnen en liet in ruil mijn scheten als een te beschamen wezen in het geniep.

Tot dan, de eerste schemer van mijn nieuwe tijdrekening!

Een scheet, en ik kan zeggen: het was er één die alle in stilte afgeknepen luchtjes van de afgelopen decennia ruimschoots compenseerde. Een kanonschot dat mij nog meer vreugde zou hebben geschonken indien het onaards stonk. Helaas, men kan niet alles krijgen in het leven, en al helemaal niet tegelijk.

Ik wachtte op een uitbrander die z'n gelijke niet kende, een woede-uitbarsting die hoorbaar zou zijn tot aan het eind van de straat, tot groot vermaak van onze buren. Maar er kwam niets. Moniek reageerde niet op mijn sonate voor bombardon. Ze weende. In dezelfde stilte als deze waarin ik mijn luchtjes had moeten lozen weende zij nu haar tranen en ik wist dat mijn triomftocht begonnen was. Het laatste spatje twijfel was bij haar weg. Ze wist dat ze spoedig geen man meer zou hebben om naar te blaffen en tegen te zagen, en dat zij dra alleen zou liggen in dat bed. Alleen in huis, om er alleen in te sterven.

Als zij nu geen medelijden had met zichzelf, tja, dan niemand.

*

Ik steek de Styx over en ik neem mee: een tube tandpasta (voor de zottigheid), een verdwaald citaat van Joseph Roth, de wondere herinnering aan een innige kus die ik evenwel nooit heb gekregen, broodkruimels, een schonere troost dan deze die ik kon vinden in een boule de Berlin…

*

In de Azaleastraat is de verschijning van een politiecamionette nog een spraakmakende gebeurtenis. Ik zou haast zeggen: iets feestelijks! De sirene hoeft daarom niet eens colèrig te lamijnen, het volstaat dat die wagen gewoon stilletjes onze straat in rijdt of de honden slaan al aan het bassen en de commeeres nemen hun spionageposten achter hun gordijnen in. Een verhaal kondigt zich aan, liefst eentje over de miserie van anderen. De sensatiezuchtigen wrijven zich in de handen, het leven lijkt te zijn geplukt uit de teevee, hoezee.

De vorige keer dat de gendarmerie halt hield in deze wijk, was om de Vanderelsten uit nummer 54 te melden dat hun dochter de terugkeer van de discotheek niet had overleefd.

Of de buurt zich aan een minstens even opwindende tijding verwachtte toen twee agenten hun combi op ónze oprit parkeerden weet ik natuurlijk niet, maar het viel op dat iedereen ondanks de invallende avond plots zijn brievenbus moest ledigen of nodig het trottoir vegen om toch maar een stap dichter bij het mysterie te komen en het waarom van de komst van deze uniformen zo gauw als mogelijk te achterhalen. Vanuit mijn ooghoeken zag ik Felix, uit nummer 47, een ingebeeld probleem aan de zijgevel inspecteren en zich een hoedje schrikken toen hij uiteindelijk mijn verwaaide zelf zag zitten achteraan in die politiewagen, daar waar doorgaans gearresteerden zitten. Hierop holde hij weer naar binnen, ongetwijfeld om ogenblikkelijk verslag uit te brengen aan z'n huisgenoten. Ik voelde de blikken van overal in de buurt op mij gericht. Het geroezemoes van veronderstellingen en verdachtmakingen.

'Zijn dat de flikken bij de familie Cordier?'

'Toch niets ergs?'

'Dat is bizar, ze hebben Désiré mee.'

'Désiré? Toegetakeld?'

'Niet dat ik zie. Misschien heeft hij iets mispeuterd. Is hij meegenomen voor een ondervraging.'

'Désiré iets mispeuterd? Zo een brave sloor? Ik zou mij waarlijk niet kunnen voorstellen wat.'

Ook mijn vrouw moet aan de jammerlijke lotgevallen van de Vanderelsten hebben teruggedacht toen ze het blauwe schijnsel van de stille, maar niettemin dreigende zwaailichten zag blikkeren op haar casserole afgekoelde hutsepot. Vandaar wellicht dat ze lijkbleek naar buiten snelde, bevreesd voor dat ene bericht waarna het verleden er al mee begint een verzinsel te worden.

Wat kon er mij overkomen zijn? Even recapituleren. Ze had mij kort na de middag weten vertrekken naar de stad, waar ik naartoe wou, gauw over en weer, om mij een paar nieuwe boeken te kopen. Voor Moniek bestond het aards paradijs uit niets dan winkels, haar hele walhalla was een shoppingmall, maar een boekhandel was daar niet in ondergebracht. Het was één van die vier triljard punten waarin wij totaal van elkaar verschilden. Dus had ik de baan vrij voor mezelf en liet ze me vrij van haar bemoeienissen een nieuwe dosis leesgerief inslaan. 'Ga je boeken kopen, zeg je? O, ga dan maar alleen!'

Mijn aanstalten om naar een boekenwinkel te gaan moeten haar wel en niet hebben verbaasd. Niet: omdat ik natuurlijk altijd al lettergek was geweest. Maar mijn boekenkoopdrift verbaasde haar anderzijds dan ook weer wél, omdat ze de ingezette neergang van mijn brein niet kon lijmen aan mijn herwonnen honger naar literatuur. Even moet zij zich gelukkig hebben geprijsd dat ze vooralsnog God noch klein Pierke op de hoogte had gebracht van mijn achteruitboerend geheugen. Er diende zich een strohalmpje hoop aan. De hoop: dat ze zich in mijn toestand had vergist. Een tijdelijke inzinking had ik gekend. Mijn kop had vakantie genomen en was weer helemaal terug, klaar om er meteen weer in te vliegen, gretig als voorheen, met een stapel boeken.

Met die stapel boeken ben ik inderdaad thuisgekomen. Of liever: de politie was zo vriendelijk geweest om die stapel samen met mij thuis af te leveren. Maar de titels ervan konden, helaas voor haar, Monieks flauwe vermoeden niet bevestigen dat ik weer aan de beterhand was: *Zo loop ik een marathon*, *Een God voor dagelijks gebruik*, *Willy Snotter en de Orde van de Zevenennegentig Bezemstelen*, *Een mooie tuin voor elk seizoen*, *1001 reparaties in huis*, *Originele ovenschotels*... en nog een tiental andere werken van vergelijkbare letterkundige snit. Een flinke beet uit ons gezinsbudget, overigens. Met de glimlach betaald.

Ik was geen onbekende voor die boekhandelaar; ongeveer een kwart van onze boekenkast was gevuld met spul dat uit zijn winkel kwam. Hij had in totaal vast een vakantie of twee met het hele gezin overgehouden aan mijn bellettristische vraatzucht. Dus kende hij best wel mijn dada's en had ie redenen te over om zijn bedenkingen te hebben bij mijn plots opgewekte interesse voor ovenschotels, origamifiguren en tuinmeubelen. Maar een boekhandelaar krijgt niet alle dagen een dementerende over de vloer, en crisis was het voor iedereen, voor een kleine zelfstandige nog zo zeer, en hij greep de gelegenheid om nog een laatste keer aan mij te verdienen met beide pollen beet en verkocht mij de goorste troep. Ook met de glimlach. Goed wetende dat ik deze onkunstige gewrochten niet met mijn volle verstand had gekocht. Smeriger nog: deze man die via de inhoud van mijn boekenkast toch enigszins inkijk had gekregen in mijn intellectuele waarden, achtte het niet eens beneden zijn ethische stand mij opzettelijk te veel aan te rekenen.

Natuurlijk was de verleiding daar om mijn masker af te rukken en die vuile geldwolf te confronteren met zijn oneerlijkheid. Het zicht zou vast de moeite lonen; zijn van verbazing gapende smoelgat wanneer ik de uitzuiger zei dat ik mijn dementie slechts fakete, voor de geinigheid ervan, uit curiositeit voor de reacties van mijn omgeving. Maar van dit plezier, waarvan ik mij inprent dat het voornamelijk undercoverjournalisten en -agenten is gegund, moest ik mijzelf onthouden. Hoe godverdoms verleidelijk het ook mocht zijn tijdelijk uit mijn rol te stappen.

Met de hulp van mijn caddy ben ik vervolgens met mijn vracht boeken naar een kledingzaak getrokken. Een trendy winkel met luide muziek en industrieel interieur. De twee verkoopsters achter de kassa keken mijn entree met grote ogen aan. Een belegen lul met een caddy. Ik was met ruime voorsprong de oudste zak die in hun hippe tent ooit een voet over de vloer had gezet. Hun mop van de week in persoon was ik, zonder enige twijfel. En ze keken al geamuseerd uit naar het moment waarop het tot mij door zou dringen dat ik de verkeerde winkel naar binnen was gestapt. Dat ik hier bijvoorbeeld geen geruite winterpet of wandelstok kon kopen maar wel te wijde broeken die het zitvlak nog niet voor de helft bedekten. Pas wanneer ik ook daadwerkelijk in de zomercollectie begon te snuisteren kwam er één van de twee naar me toe (die ijzeren knikker in haar opzichtig blote navel choqueerde me niet in het minst, maar erg lelijk vond ik het wel) en vroeg, met de kwaakstem zoals die helaas eigen is aan het gros van het vrouwelijke kledingverkopersgild: 'Kan ik u helpen, meneer? Zoekt u iets in het biezonder?'

Ik keek haar glazig aan, dat was althans toch wat ik hoopte te doen, grabbelde lukraak een kledingstuk beet en vroeg of ik het mocht passen. Het betrof een stuk textiel dat zich nog het eerbiedigst liet omschrijven als een vrijetijdshemd, zij het dan zonder mouwen, en opzichtig bedrukt met een Engelstalige slogan die verwees naar een activiteit die door gezonde paren voornamelijk op matrassen wordt bedreven. In al haar jeugdige zelfingenomenheid zal het kind wellicht hebben gedacht dat mijn kennis van het Engels nihil was.

Haar collega die achter de kassa was blijven staan maar de hele conversatie had gevolgd, had zichtbaar moeite om een, ongetwijfeld lelijke, bulderlach te bedwingen. Een lach die zou openspatten gelijk een beurse zweer.

Ik nam nog een paar hemden en broeken mee het pashok in en wrong me in allerlei kleren in psychotische kleuren waarvan ik als vader nooit zou hebben geduld dat één van mijn kinderen ermee thuisgekomen was.

De volgende stap was bepalend en moest mijn laatste levensproject in een beslissende plooi helpen.

Ik liet mijn eigen, convenabele kleren hangen aan de kapstok en verliet als een treurige carnavalsfiguur (pleonasme!) het pashok. Daar staakten de meisjes hun verweer tegen de lachbui. Minutenlang hadden ze zich ertegen verzet maar er was geen verweer meer tegen te bedenken en ze proestten het uit. Een lelijke lach inderdaad, zoals ik had gevreesd. Alle twee. Maar nog voor het eerste trommelvlies kon springen wandelde ik op mijn duizendste gemakken met al die spiksplinternieuwe en nog niet afgerekende hippe vodden aan mijn lijf de winkel uit, het luid miauwende alarmsysteem compleet negerend.

Sowieso kreeg ik op straat reeds mijn bekijk, ik: aangeklede circusaap op retraite. De aandacht nam alleen maar toe toen die zwarte met haar ijzerwinkel in 'r navel op het trottoir mij begon na te wijzen, krijsend dat ik een dief was en moest worden tegengehouden.

Wel, en zeer tot mijn ontgoocheling: niemand hield mij tegen. Wat kon het de burger schelen dat die winkel met babyartikelen voor adolescenten werd beroofd van een paar afzichtelijke meters stof. Geen groot verlies, toch? En uiteindelijk wist niemand wie ik was, misschien had ik wel een wapen op zak. Er moest in dit werelddeelte iets gortigers gebeuren om civisme los te weken. Miraculeus eigenlijk, dat er überhaupt nog auto- en andere alarmen werden verkocht als je zag hoe werkelijk niemand zich een snars van hun kabaal aantrok.

Alzo slefferde ik ongestoord verder tot aan het eind van de winkelstraat, alwaar ik uiteindelijk rustig doch kordaat werd ingerekend door twee brave agenten die van mijn komst kennelijk al op de hoogte waren gebracht per hoogtechnologische tamtam. Ze verzochten me vriendelijk met hen mee te gaan naar de winkel die ik zopas verlaten had. De talrijke toeschouwers links en rechts op de trottoirs die op een dramaturgisch hoogstandje hadden gehoopt, moesten worden teleurgesteld.

En daarmee stond ik twee tellen later opnieuw in dezelfde winkel. Al deed mijn aanwezigheid er eigenlijk niet zo toe. Met een professionele kalmte waarvan ik niet meer wist dat ze nog onder de mensheid was, gaf, ik denk, de oudste van de twee agenten de winkelierende bakvissen een standje. Veel viel op het conto van hun onervarenheid en jeugdige zelfvoldaanheid te schrijven en was als dusdanig ook best vergeeflijk, maar dat hun inschattingsvermogen dermate onderontwikkeld was dat ze een seniele man met een ordinaire crimineel verwarden, verbaasde hem toch.

'U moet even verstrooid zijn geweest', richtte de andere agent zich tot mij met een zeldzaam gevoel voor medeleven en vriendelijkheid. Misschien had ie wel een grootvader die onder een Schots geruit dekentje zat weg te teren in een tehuis. Dergelijke ervaringen scherpen de empathie. 'In dat pashok hangen uw eigen kleren. Misschien moet u die terug aantrekken, dan zullen deze dames alles wat u nu aanheeft weer op de juiste plaats hangen.'

Ze bestudeerden mijn identiteitskaart. 'Azaleastraat? Is het daar dat u woont?'

'Ja, geloof ik. Azaleastraat. Jaja, daar moet het zijn, inderdaad.'

'Kom, wij moeten toch toevallig die richting uit, we zullen u een lift geven. En dat hier, zijn dat úw boeken?

Heeft u die gekocht of bent u daar ook zomaar een winkel mee uit gelopen?'

Zo werd ik dus thuis afgeleverd door de politie, voor een weerzien met mijn vrouw, die meteen nadat ze haar onheilsgedachten had doorgeslikt, woedend werd omdat ik, alwéér, zonder telefoon het huis uit was en haar nodeloos had laten wachten met een casserole afgekoelde hutsepot.

De vertegenwoordiger van het wettelijk gezag: 'Mogen wij anders vijf minuutjes binnenkomen, mevrouw, het lijkt mij dat we dit niet op de dorpel moeten bespreken…'

Het hele gesprek tussen de sympathieke agenten en mijn vrouw (gedurende hetwelk haar tronie almaar mismoediger oogde) werd gevoerd op een zulkdanig perfecte fluistertoon dat ik er enkel maar het woord 'huisarts' uit oppikken kon. En net wanneer ik dacht dat ze door totale verslagenheid was verlamd, schetterde Moniek De Petter, mijn champetter: 'Dement? Dement zegt u? Als je hem een glas rode wijn onder zijn neus schuift is hij pertang niet zo dement om het te laten staan. Dat zal hij niet vergeten leeg te drinken…'

Toen de agenten vertrokken viel er niets meer te begluren en stortten de rolluiken van de buren zich de dieperik in.

*

Wat mij nog het meest beviel aan mijn vertoning, was de rol der rusteloze die ik op mij had te nemen. Het geen greep meer krijgen op de werkelijkheid; het gevoel te hebben dat ergens, maar de duivel alleen die weet aan te wijzen waar, een taak je wacht. En dus moet je op zoek naar iets dat je niet eens zou herkennen, zo je het tenminste al vond. Dit heel te ganse onthecht zijn van dagelijkse, onooglijke zekerheden stond mij aan. Ik amuseerde mij d'r rot mee. Alsof ik de stand-in was van mezelf dreutelde ik verloren door mijn dagen, vanzelfsprekend niet zonder onderwijl vast te stellen hoe Moniek De Petter daarbij steeds driester op een zenuwcrisis afstevende.

De voornaamste bezigheid van de schimzieke bestaat uit vluchten. Hij wil, moet, altijd weg. Voor dat doeleind staat er in de tuin van tehuis Winterlicht een bushalte. Helemaal fake natuurlijk. Ik bedoel: er zal daar nooit één bus stoppen of vertrekken in die tuin. Maar het is wel een perfect nagemaakte halte, met een hok en een zitbank, de dienstregelingen netjes geafficheerd, en diverse reisinformatie waar geen enkele patiënt overigens interesse in stelt maar die het geheel wel bijzonder geloofwaardig maakt: *Werkzaamheden in de Hoogstraat, u gelieve rekening te houden met mogelijke vertragingen. Wij danken u voor uw begrip.* Er is zelfs een stukje weg aangelegd in de tuin, ongeveer zo'n zeven meter in totaal, gegoten in dat prachtige, effen asfalt dat je als fietser graag onder de wielen krijgt, en een wegwijzer naar een stad die niet bestaat en waarheen ook die bus moet gaan. Lijn 77. Sinds deze spookverbinding naar elders staat te pronken in Home Winterlicht moeten de bejaardenhelpers minder tijd spenderen aan het opsporen van bewoners die de benen namen. Is er tegenwoordig een oude pot die denkt te moeten weglopen, dan laat die zijn oog vallen op de bushalte en gaat daar triomfantelijk zitten wachten. Na een tijdje komt er dan een geriatrisch verpleger buiten, roept iets à la: 'Ben jij aan het wachten op de 77, Gilberta? Hij heeft vertraging, meiske, wegens een omlegging of zo. Werken aan de riolering in de Hoogstraat als ik het goed heb. Kom nog vijf minuutjes binnen, toe, en drink u een koffie om het wachten te verzachten...'

De dementerende voelt zich ernstig genomen in zijn reisplannen, wordt niet dieper in verwarring gebracht dan hij al was, en het personeel hoeft z'n afmattende taak van pillen voederen en luiers verversen niet te onderbreken om eventjes voor opsporingsbrigade te spelen.

De methode van de bushalte komt overgewaaid uit Duitsland en ze schiet haar doel geenszins voorbij. Want elkeen op wie ik dit trucje al heb weten uitproberen, is effectief weer mee naar binnen gekomen, ging gretig in op het aanbod van wat warmte en een koffie, en was daarna alweer helemaal vergeten dat ie eigenlijk vluchten wou en op een bus naar de vrijheid zat te wachten.

Maar dat bushok staat als gezegd dus in Home Winterlicht, en daar moest ik als patiënt eerst nog zien ingeschreven te raken.

Uit mijn heimelijke voorstudie van de alzheimerpatiënt had ik onthouden het accent te moeten leggen op een aantal zaken. Stemmingsschommelingen onder meer. Lekker depressief zitten wezen het ene uur, om het andere uur alweer vettig te lachen, bijvoorbeeld met het drollige kapsel van mijn vrouw. (Of met de trendy bril die ze zich recentelijk had gekocht om anderen en vooral zichzelf wijs te maken dat ze nog mee was met haar tijd. Een bril waarop de merknaam opzichtig stond gegraveerd. Moniek had zich trouwens altijd al gewillig ten prooi geschonken aan schreeuwende merknamen. Of aan producten met een stickertje 'authentiek' of 'design' erop...)

Slaapstoornissen, juist, die moest ik eveneens veinzen wou ik mijn toegangskaart voor het senielendom verwerven. En dus stond ik in het zwartst van de nacht op, zo fris als een vis, smeerde me een burcht boterhammen bij elkaar, nam een lekker bad, bij voorkeur jodelend, mij royaal inzepend met zonnecrèmes en zelfbruinende bodymilk, om dan nog wat televisie te kijken.

Ook mijn oriëntatie in tijd en ruimte diende tot aan de laatste spaander te worden afgebroken, met vaak lange wandelingen tot gevolg.

Helaas was het op die dooltochten van mij dat ik zou moeten beknibbelen. Moniek was met de dag meer beschaamd in mij en was er als de dood voor dat ik aan de praat zou slaan met een bekende uit de buurt. Te zijn getrouwd met een demente was een smet op haar blazoen. Die ziekte kwam dan misschien in de beste families voor, doch onder geen beding in die van ons. En dus hield ze mij zo vaak als mogelijk binnen, huisarrest, met de buitendeur op slot.

De eerste, schuchtere vragen van de buren over mijn toestand had ze als vernederend ervaren en menen te moeten pareren met een kinderachtige smoes:

'Met Désiré gaat alles goed, dank je wel. Waarom vraag je dat misschien? Hij loopt gewoon zeer vermoeid rond, de laatste dagen. Meneer heeft het in zijn koker gestoken zijn hele boekencollectie te moeten catalogiseren. Je kent Désiré en zijn boeken, nietwaar. Met zijn boeken is hij getrouwd en mij neemt hij erbij als minnares. Bij manier van spreken, natuurlijk, ge verstaat mij wel. Enfin, hij is nu meer met zijn boekerij bezig dan hij eigenlijk nog aankan. Zijn preien staan te schieten en hij ziet het niet, zodanig zit hij met zijn gedachten in zijn boekenkast. Overwerkt, iets anders is hij niet. En dat allemaal voor een gepensioneerde die het eindelijk allemaal kalmer aan mag doen. Het zwarte gat, zeker? Wat zou het anders kunnen zijn dan heimwee naar zijn beroepsleven?'

Maar de mensen in de Azaleastraat wisten wel beter. Ze hadden me tenslotte allemaal voorbij hun deur zien lopen met een lampenkap op mijn kop.

'Dag Désiré. Nieuwe hoed gekocht, jong?'

'Ja-ik.'

'Het is een schone.'

'Ik moet er goed uitzien voor wanneer mijn grootmoe komt.'

Huisarrest dus. Maar wie waakzaam blijft, ziet vroeg of laat een kans. Ik ben ongemerkt naar buiten weten te glippen toen Moniek met een mand gewassen linnen de tuin in liep. Tijd om na te denken had ik niet. Om deftige schoenen aan te doen ook niet. Op mijn pantoffels, in mijn ribfluwelen broek, mijn rode-bollen-hemd, en zonder jas, dus netjes nog alles bij mekaar, ben ik de straat op gegaan. Gedecideerde pas. Zonder plan. Op weg naar waar mijn neus me bracht. Heerlijk. Het enige wat mij belette ten volle van mijn escapade te genieten was het zelfmedelijden waarmee ik geleidelijk aan volstroomde, omdat ik mij in het verleden veel te weinig had overgeleverd aan dergelijke impulsen.

Ik vermeed de drukke steenwegen, nam straten waarvan ik vermoedde dat Moniek mij er niet meteen in gaan zoeken zou. Zodra ik in de buurt van het station kwam wist ik het: ik zou een trein op stappen. De eerste de beste. Kon mij niet bommen wat zijn bestemming was. En zonder te betalen. Ik was immers toch al halvelings het criminele pad op gegaan, een bekende op het politiecommissariaat.

Die eerste de beste trein bleek uiteindelijk naar Luik te denderen en dat stond mij volledig aan. Tijdens mijn legerdienst was ik ooit naar het militair hospitaal van Luik gebracht. Klinkt dramatischer dan het allemaal was. Een ordinaire verzwikking. Een gezwollen, blauwe enkel, meer niet. Maar ongetwijfeld zat het medisch personeel van Defensie om menselijk studiemateriaal verlegen, waardoor de sergeant mij uit zogenaamde voorzorg liet hospitaliseren. Als dit betekende dat ik bij dezen voor een poosje was ontslagen van allerlei idiote driloefeningen in de vochtige ochtend, kon ik zo'n besluit van de sergeant best waarderen. En zoveel betekende het inderdaad. Vier dagen lag ik daar in Luik, op een kamer voor mezelf alleen, bevrijd van alle vieze kazernluchtjes. Louter voor het symbool stak men op geregelde tijdstippen een thermometer onder m'n oksel en mat men mijn bloeddruk op. En voor de rest was ik op mijn gemak, weg van alle vuilbekkerij en ruide stompzinnigheid waarin de jongens uit mijn eenheid excelleerden. Geen schootsonderricht, geen angstaanjagende theorielessen over nucleaire oorlogsdreiging. Gewoon, vier dagen rust en: lezen! Vanuit mijn kamer had ik toen uitgekeken over de vallei en de mij volkomen onbekende stad die haar bestreek. Geen meter méér heb ik door haar straten afgelegd dan deze tussen het hospitaal en het station, de dag dat ik door de hoofdarts voldoende fit en gezond werd verklaard om weer het land te verdedigen en ik terug naar de kazerne keerde. Maar toch had ik een zekere band, een zekere vertrouwdheid, sympathie ook, weten op te bouwen met alle huizen en daken waar ik vier ontspannende dagen op had uitgekeken, en ik nam mij voor om ooit, na mijn legerdienst, terug te keren naar deze plaats. Deze stad, zo maakte ik mij als pathetische jongeman volgaarne wijs, had mij nog iets te vertellen.

Ik moet eventjes de tijd uit het oog zijn verloren en was plotsklaps versleten. Mijn voornemen om minstens één keer naar die vurige stede aan de Maas te reizen was loos gebleven. Op tijd zou hij nooit meer komen, maar deze trein kon toch een kleinigheid goedmaken. Tenzij ik natuurlijk stootte op een controleur die overliep van beroepsijver, één die er bijvoorbeeld z'n lol in vond een onschuldig oudje zonder geldig vervoersbewijs de deur te wijzen.

Maar niemand die dag die overdreven werklust toonde, geen controleur die te bekennen viel, en drieënhalf uur nadat ik op mijn pantoffels de Azaleastraat was uit gewandeld, stond ik op het perron van Gare Liège Guillemins, dat in niets meer leek op het station dat ik in soldatenuniform had verlaten. Een modern, architecturaal pareltje waarover ik weliswaar al een en ander had gelezen maar dat ik nu pas met eigen ogen aanschouwde. Indien God een trein was, dan dit station een kathedraal.

Veelbelovend, dit begin van een weerzien.

En misschien net daarom dat ik van de weeromstuit mijn plannen wijzigde, om het bij die veelbelovendheid te houden. En ik liet mijn oog vallen op de hogesnelheidstrein naar Frankfurt. Het was trouwens niet goed om plannen te hebben, dat kwam het geloof in mijn dementie niet ten goede. Dus hops, die trein naar Frankfurt in, en snel, voor de deuren sloten! Lang zou ik dit keer niet moeten wachten eer iemand mijn vervoersbewijs opvroeg. Of wat had ik anders gedacht: een internationale trein, coupé eerste klas! En dan zouden de poppen andermaal aan het dansen gaan en werd er 's avonds in de Azaleastraat wederom een verwarde man door de politie thuisgebracht.

En effectief, ook Frankfurt kreeg ik nooit te zien.

*

Ik steek de Styx over en ik neem mee: een tube tandpasta (voor de zottigheid), een verdwaald citaat van Joseph Roth, de wondere herinnering aan een innige kus die ik evenwel nooit heb gekregen, broodkruimels, een schonere troost dan deze die ik kon vinden in een boule de Berlin, de Stanza van Tante Bonanza...

*

Bingo, het was mij gelukt: ik was met glans gebuisd voor mijn examen, het door vele vergeetachtigen gevreesde MMS-examen, en dat was een zulkdanige opluchting dat ik mij moest beheersen om niet meteen een gat door het dak van de dokterswoning te springen. Een schonere toneelprijs kan er niet worden uitgereikt (toch?) dan dat de vertolker van een dementerende ook officieel voor een dementerende wordt aanzien! Dat een medisch erkend iemand hem afkeurt als cognitief volwaardig mens, en er vervolgens paperassen in orde worden gebracht die maken dat hij geen bankverrichtingen meer kan doen en die zijn rijbewijs voor ongeldig verklaren! Dat hij wordt overladen met van de juiste stempels en parafen voorziene formulieren die in gang zetten dat hij geen stem meer hoeft uit te brengen bij de volgende verkiezingen, en dat er aan zijn vrouw informatiebrochures van gespecialiseerde bejaardentehuizen worden overhandigd!

Champagne!

Thuis waren de kinderen en mijn vrouw er al mee begonnen in mijn bijzijn over mij te praten, alsof ik er helemaal niet was. Of het nu een hond was of hun vader die daar in de living zat, maakte niet meer uit. Charlotte had erop aangedrongen met mij naar een arts te gaan en ze had er de gewiekste retoricafoefjes voor nodig gehad om moederlief ervan te overtuigen dat het niet als geestelijk gezond kon worden beschouwd dat ik ongepelde bananen at, hoe verstrooid ik van nature ook mocht zijn.

Besefte zij wel dat het in de Azaleastraat zowel als in de aanpalende straten reeds de ronde deed dat zij haar zieke man aangepaste verzorging ontnam!?

Meer hoefde mijn dochter haar moeder niet te zeggen. Het winnende argument was op tafel gelegd, en een week later zaten wij samen in het kabinet van ene doktores Vancleemput, gespecialiseerde in de menselijke hersenpap.

Moeilijk te zeggen wat mij het meest stress heeft bezorgd: te slagen destijds voor mijn eindexamen als bibliothecaris, of vijftig jaar later een onvoldoende te behalen voor mijn *Mini Mental State Examination*, afgekort dus MMSE, de laatste maar misschien wel moeilijkste horde die ik te nemen had. Want hoe, allemachtig, zou ik de wetenschap kunnen beliegen? Hoe moest ik een arts ervan overtuigen dat ik een spookschip was op zee?

Wel, dat kon ik makkelijker dan ik ook maar voor mogelijk had gehouden. Doodgewoon omdat die wetenschap vooralsnog niet ver genoeg stond! In doemscenario's had ik mezelf in een hospitaal met allerlei helmen op mijn schedeldak gezien, met draden en pinnen en wat weet ik nog allemaal; vooruitgangswonderen die de geheimen van mijn brein zomaar hopsakee op tafel smeten als was het een schoppenaas. En ook mijn vrouw had erop aangestuurd het onderzoek iets ingenieuzer te laten verlopen dan voorlopig het geval was geweest. Een hersenscan leek haar wel een minimum. Maar, zo verzekerde de arts, een scan bracht veel, maar nooit dementie aan het licht! Tumoren, een trombose, of hypothyreoïdie, ja, daar waren scans uitermate nuttig voor. Maar iets als alzheimer bleef onzichtbaar voor de medische radaren.

Het hielp dat die dame het woord 'hypothyreoïdie' liet vallen, zo niet had Moniek helemaal het mens haar deskundigheid in twijfel getrokken en geëist dat zij haar diploma toonde ten bewijze van zoiets als een opleiding.

Niettemin. Had ze toch geen litertje bloed kunnen aftappen om een laboratorium uitsluitsel te laten geven? Een stukje vlees uit mijn bil nemen voor onder de microscoop?

'Mogelijks dat wij morgen of overmorgen meer kunnen dan vandaag, mevrouw. Er wordt aan gewerkt. Maar noch met een bloedonderzoek, noch met radiologie kunnen wij vandaag de diagnose zuiver stellen. Het enige wat er ons voorlopig ter beschikking staat, is deze MMSE-score.'

'Dit verkleuterd examen, wil je zeggen?'

'Als u dat zo wilt zien...'

Verkleuterd kon je dat examen inderdaad wel noemen. Ik had een paar onnozele vraagjes moeten beantwoorden, zeggen welke datum het was, in welk seizoen wij ons bevonden, in welk land en in welke stad. Vervolgens had ik gedurende enkele minuten een paar knullige woorden moeten onthouden, namelijk 'boom', 'wortel' en 'lamp'. Zij formuleerde een weinig fraai in elkaar gekunstelde zin die ik moest herhalen, liet mij het woord 'vorst' achterstevoor spellen. Eén opdracht liet ze mij van een blad aflezen en deze bestond eruit dat ik een papiertje moest vouwen en onder mijn stoelpoot schuiven. Waarlijk, sommige van die proeven waren zó weinig eisend van een wezen dat zichzelf roemde om zijn anderhalve kilo hersenderrie, dat ik het ternauwernood aandurfde om álles foutief te beantwoorden of uit te voeren. Ik moest waakzaam blijven en mij niet verraden door een buitenproportionele achterlijkheidsscore na te streven. Alleen bij de laatste opdracht, waarbij ik twee in elkaar hakende vijfhoeken moest natekenen, moest ik mijzelf erop betrappen zulks oprécht moeilijk te vinden.

Mijn eindscore was 17 op 30.

'Zie je! Hij is geslaagd!'

Mijn vrouw, op een toon die bij ons thuis allang deel uitmaakt van het sonoor meubilair, samen met het snorren van de koelkast.

'Nu ja, geslaagd... Het is te zeggen, mevrouw, 17 op 30 is inderdaad meer dan de helft. Zij het dan ook niet véél meer. Maar helaas voor uw man ging het 'm hier niet om een universitair toelatingsexamen en betekent deze score eigenlijk dat de intellectuele functies van meneer al stevig afgesleten zijn. In feite kan ik weinig anders adviseren dan opname in een gespecialiseerd tehuis. En wel zo snel mogelijk.'

Ik lachte vriendelijk naar de dokteres, naar ik hoopte met fonkeloogjes. Kon ze maar vatten hoe gelukkig haar diagnose mij maakte.

'Maar dat kan niet, dokter, u zit er helemaal naast met uw analyse. Mijn man was bibliothecaris. Om zijn Latijn te onderhouden spreekt hij het regelmatig nog in de tuin, tegen de mussen. Schreef een eindverhandeling over Erasmus, ook. Zo iemand kan toch niet...'

'Luister eens hier, mevrouw, deze ziekte voelt zich lekker in het hoofd van iedereen. Zij maakt geen onderscheid tussen slim of dom. Uw man heeft hulp nodig. Ja? Hij is verward, loopt verloren in zichzelf, is eigenlijk immens eenzaam en angstig, zal daardoor gefrustreerd raken en in de zeer nabije toekomst misschien zelfs agressief worden. Hij kan u slaan... En veel harder dan u lief is, wees daar maar zeker van...'

O, o, o, o, o!

De dokteres nog altijd: 'Ik begrijp natuurlijk maar al te goed dat het ook voor u geen pretje is om deze diagnose te moeten vernemen. Maar het verbaast me enigszins wel dat ze u nog altijd als een verrassing in de oren klinkt, gezien het stadium waarin meneer Cordier zich reeds bevindt. Maar hij is het nu die in de eerste plaats moet opgevangen worden. Zichzelf kan hij niet meer helpen. Dus alstublieft, doe uw best en trek niet alle aandacht naar uzelf. Het is om hem dat het hier gaat!'

En ze wendde het hoofd af en handelde het hele verdere gesprek met mijn dochter af.

Heugenswaardig, dat moment. En de onderlip van Moniek die gelijk een schietlood naar beneden dook, verongelijkt.

In de auto duurde het een hele poos vooraleer er iemand een woord zei. En omdat de stilte haar altijd al heeft teruggesmeten naar een plaats waar ze karakterieel niet tegen opgewassen was, was het uiteraard Moniek die van op de achterbank als eerste haar spraakvermogen demonstreerde:

'Die troela heeft ze toch ook makkelijk verdiend! Hoe lang zijn we daar in totaal binnen geweest? Een halfuurtje? Veertig minuten? Dat schotelt uw vader een aantal flagrant belachelijke vragen voor, zegt "Hij heeft ze allemaal niet meer op een rij, dat is dan 135 euro alstublieft, dank u wel, merci!" en wij moeten dat zomaar pikken. Sorry hoor, maar als ik geweten had dat het zó simpel was, dan had ik mijn schoonste jaren toch niet aan een strijkplank doorgebracht en was ik ook gewoon dokter geworden.'

Charlotte negeerde haar moeder, deed of ze zich concentreerde op de beginselen van een avondspits en vroeg een poos nadien aan mij, die naast haar zat:

'Gaat het een beetje met u, vader?'

Waarbij ze haar hand even op mijn knie had laten rusten.

Het zal wel zijn dat het ging met mij. Uitstekend zelfs. Officieel dement. Een weldra door de farmaceutica aanbeden slikker van memantinepillen.

'Hoe was mijn examen?', vroeg ik. 'Ben ik geslaagd?'

En daar was dan die stilte weer. Korter, doch ongemakkelijker dan de vorige.

'Je bent geslaagd', zei Charlotte. Haar ogen stonden vochtig.

'Hoeveel?'

'Onderscheiding!'

'Echt?'

'Echt!'

'Wel, dan trakteer ik. Zeg op, waar zullen we iets gaan eten!'

Brasserie Vivaldi is een goeie plek om de vaststelling van iemands dementie te vieren, al geldt voor de meeste beweringen, en dus ook deze, dat ze makkelijker zijn gezegd dan uitgelegd.

Toen Charlotte haar wagen na een lastige rit eindelijk op de parking van het etablissement parkeerde, kraaide ik: 'Ha? Gaan we uit eten? Schitterend idee!' Blij als een kind.

We namen plaats aan het tafeltje naast het aquarium, waarin een gezonken bootje een school vissen herinneringen aan hun verre afkomst bood, en de zuurstofblaasjes uit een schatkist kwamen geborreld.

Moniek had een bakkes dat uitdrukken wilde: zijn-dat-nu-manieren-om-geld-te-besteden-aan-restaurant-bezoek-als-er-net-iemand-een-half-doodsvonnis-heeft-gekregen. En Charlotte, die zich had laten inspireren door de kordaatheid van dokter Vancleemput, blafte: 'Moeder, luister eens hier; als jij vader nog veel plezier-tjes wil ontnemen dan moet je het inderdaad nu doen, want straks zal het daarvoor te laat zijn!'

Een gezellig uitje, enfin.

Of we een aperitief wensten?

Ik stelde een coupeje champagne voor, hierin bijgetreden door mijn dochter, terwijl almaar donkerder wolken zich samenpakten in de blik van mijn wettelijke wederhelft die het bij water hield. 'Water, alstublieft. Modest water. Het mag zelfs van de kraan.'

Over luttele dagen zat ik in een tehuis en had ze alleen zichzelf meer om ongelukkig te maken. Ik had de indruk dat ze daar meteen al werk van maken wou.

'Op je verjaardag, moeder!', hief ik de bubbels uiteindelijk ten hemel.

'Op je verjaardag, mama!', speelde Charlotte mee. 'En dat er nog vele jaartjes mogen bij komen!'

Hieperdepieperdepiep hoera.

Charlotte had naar ouwe getrouwe gewoonte haar meug niet gevonden op de menukaart en vroeg of de keuken niet iets vegetarisch kon verzinnen, het deed er niet toe wat. Waarop 'r moeder, gesnauw in F groot:

'Kun jij voor één keer niet normaal doen gelijk iedereen? Je zal er heus niet dood van gaan van eens een stukje vlees te eten!'

Iets van een zestien moet ze zijn geweest toen Charlotte ineens een doordeweekse gezinsmaaltijd verpestte met de uitspraak dat ze het appetijtelijke niet zag in massaslachtingen en logistiek goed georganiseerde martelingen. Van vegetarisme hadden wij in die dagen amper gehoord. Ja, beroepshalve wist ik dat de schrijvers Shelley en Shaw weinig ophadden met de carnivore gewoonten van onze soort, maar dat was in het midden van de negentiende eeuw toen de schone en minder schone letteren waren vergeven van morbide mafkezen, en meer dan dat ene gegeven kon ik over het onderwerp niet opdissen. Juist, we hadden op televisie wel eens een paar ontblote schepselen zien protesteren tegen het dragen van bont, maar maakten daarbij meteen de kanttekening dat geen van die geëngageerde deernen lelijke borsten over haar levenswegen torsen moest. Vanuit onze zetel leek het ons alleszins geen al te zwaar offer dat zij brachten voor hun idealen, publiekelijk te tonen hoe volmaakt hun vrouwelijke vormen waren. Maar vegetarisme, nee, daar deden de filmsterren in die dagen nog niet aan. Of dan toch niet dat wij wisten. We weten deze manifestatiedrang van onze dochter aan haar leeftijd, dat hielp ons tenminste nog een beetje om haar gedrag te kaderen, maar stonden voorts als bezorgde en onwetende ouder met de handen in de haren. Wij, Moniek zowel als ik, die klassiek waren opgevoed in de wetenschap dat je van vlees gezond en sterk bleef, die biefstukken aten – als we ze konden betalen – om ons te wapenen tegen tuberculose en andere gevaren; wij zaten nu opgescheept met een kind dat zich vrijwillig het goede van een koe ontzei. Onze Hugo was eerder het omgekeerde: hij moest zich forceren om zijn vork in een groente te prikken. Maar Charlotte... Anorexia, wist de ene. De verwende generatie, orakelde de andere. Een modegril, volgens nog een andere. En ondertussen voelden we ons tekortgeschoten, vreesden we dat Charlotte spoedig onderhevig aan bloedarmoe en vitaminetekort van het ene ziektebed in het andere zou rollen.

Het is één van die absolute dieptepunten in mijn hoedanigheid van vader, en ik vrees dat ook Charlotte het bewuste tafereel nooit zal vergeten, maar ik heb het er mij in die dagen op gewaagd haar te dwingen een stuk vlees te eten, kalkoenfilet, stoer stellende dat ik nog liever doodviel dan dat ik zou tolereren dat zij haar gezondheid naar de verdoemenis puberde.

Ze heeft haar kalkoen niet aangeraakt, en ik ben ook niet doodgevallen. Charlotte had haar strijd gewonnen en nam er alle pantomimes bij telkens wij ergens werden uitgenodigd om te eten. Ze heeft er zich bij neergelegd vrede te nemen met kaaskroketten waar de anderen niet ophielden de malsheid van de eendenborst te prijzen. Hulpeloze koks meenden haar als alternatief een halve emmer ijsbergsla te moeten opdienen. Ze incasseerde geduldig vragen als 'Mag u vis wel eten?' of 'Mosselen, zijn dat ook dieren?', en wist zich uit vele tuinen geweerd eens het barbecueseizoen aanbrak en de mensheid zich valselijk vereende rond een eind worst.

We waren zoveel veldslagen later in Brasserie Vivaldi, en Moniek had zich nog altijd niet verzoend met de overtuiging van haar sedert lang volwassen kind. ‘Neem toch kip, dat smaakt hetzelfde als die quorn van u naar het schijnt! Uw bloed zal niet weten waar te stromen van contentement!’

Maar de kelner kon haar een moussaka met een laagje vleesvervangers aanbieden en dat oversteeg toch ruim het eeuwige alternatief van de kaaskroket.

‘Ik steek zo moeilijk niet ineen’, richtte Moniek zich tot de jongeman. ‘Voor mij mogen dat gewoon de gehaktballetjes in tomatensaus zijn. Modeste gehaktballetjes in modeste tomatensaus.’

En omdat ik uiteraard niet meer geacht werd nog bijster zelfredzaam te zijn, bestelde ze meteen ook voor mij, mijn persoonlijke klassieker: steak met peperroomsaus, saignant gebakken, met goed gezouten frietjes.

‘Nee-neen’, corrigeerde ik, ‘voor mij mag dat ook die vegetarische moussaka zijn.’

‘Oké, prima, de vegetarische moussaka voor meneer, dat is genoteerd. Is dat alles?’

‘Euh, nog een coupeje champagne misschien… Ja… Mijn dochter knikt… Twee coupejes champagne! En een glas kraantjeswater voor mijn vrouw. Dank u wel.’

*

Als ik nog graag wou sterven in mijn eigen huis, dan moest ik mij toch wel haasten. Daar was de dag namelijk, de langverwachte, waarop ik mijn intrek nam in een bejaardentehuis, Home Winterlicht zoals een paar uur later blijken zou. Een ordinaire zaterdag, geschapen om boodschappen te doen, ruiten te kuisen, auto's te wassen, kinderen naar hun sportclub te taxiën, afval naar het containerpark te rijden. Maar niet voor mij.

Onze Hugo had iets als de verjaardag van zijn vader allang niet meer beschouwd als een morele verplichting om het ouderlijk huis met zijn bezoek te vereren. Door de commercie opgeklopte feestelijkheden als Nieuwjaar, Moederdag of Sinterklaas lieten hem ronduit koud en eigenlijk moest ik hem daar enorm om benijden. Hij was gewoon een man van weinig sentimenten en een druk leven waarin geen plaats was voor taartjes en praatjes met zijn makers. Moniek kon daar melodramatische aria's aan wijden, haar zoon ondankbaarheid verwijten, waardoor zijn lust om een volgende keer op bezoek te komen er alleen maar kleiner op werd.

Nu was hij er. Slecht geschoren. Maar hij was er.

Wellicht had z'n moeder, of z'n zuster, hem aangesproken op zijn mannelijke kundigheden en de verantwoordelijkheden die deze met zich meebrachten. En ook al was hij ondertussen zelf geen jonge Spartacus meer maar een wanhopige veertiger op zoek naar het juiste hoofdkussen dat hem kon bevrijden van zijn nekklachten; om een kleine kleerkast te demonteren en opnieuw weer in elkaar te steken kon Hugo zijn familie nog tot nut zijn. Bovendien moest er een oud televisiemeubel van de zolder worden gehaald en zou ook het eenpersoonsbed uit de logeerkamer samen met mij de verhuis meemaken: mannenwerk!

Wiens idee het was is mij een raadsel, maar kennelijk was er besloten mijn laatste ontbijt thuis met zijn allen te nuttigen. Samen. De kinderen, Moniek en ik. Zonder aangetrouwde druktemakers. Gewoon wij vieren.

Charlotte was op het toneel verschenen met ogen die de sporen van een huilbui droegen. Alsook met een volle zak crèmekoeken, vers en lichtjes warm nog van bij de bakker. Iedereen in huis kende mijn zwak voor vanillecrème. Vóór hij plaatsnam in de elektrische stoel vroeg seriemoordenaar Ted Bundy om steak met eieren, Victor Feguer ('the last man Uncle Sam executed') zwoer bij een niet ontpitte olijf. Mijn galgenmaal mocht, zéker weten, bestaan uit een boule de Berlin. Gevuld met gele crème (de versie met confituur moest ik niet). Gewoon even om te illustreren hoe lekker ik die dingen vond. Maar Moniek had mij deze lekkernijen bij leven en welzijn zoveel als mogelijk onthouden. 'Ben je nog niet dik genoeg? Je aders zijn nu al dichtgeslibd, van al die wijn die je naar binnen giet!'

Dit keer hield ze echter haar snavel.

Vermoedde ik dat goed en had ze iets kalmerends geslikt?

Hugo perste appelsienen, en te oordelen aan de handigheid waarmee hij een straal sap naar het plafond wist te spritsen was dat voor het eerst in zijn bestaan. Het celloconcerto van Giuseppe Tartini speelde, een muziekstuk dat ik eigenlijk pas dacht terug te horen op mijn eigen begrafenis. Mijn vrouw hield daar niet van, van Tartini. Zoals ze niet hield van Bach of Pärt of Bruch. Mijn smaak was haar te treurig. En al helemaal voor tijdens het ontbijt. 'Koffie en grafmuziek, goeiemorgen zeg!'

En ik die nooit de juiste ballen had hangen om mij een hoofdtelefoon aan te schaffen. Ik, die in al mijn stoffige ouderwetsheid in een hoofdtelefoon het symbool had gezien van de nieuwe, asociale generatie. Hoeveel meer zou ik van muziek hebben genoten...

Maar kijk, in één radeloze en hopeloos vergeefse inhaalpoging werd het mij naar mijn zin gemaakt.

Ook nu bleek dat Charlotte de steunpilaar was van dit gebroken gezin.

'Vader…'

'Ja?'

'Vader, weet je wat er vandaag te gebeuren staat?'

'Ja.'

'Wat?'

Ik zei even niets.

'Wat, vader? Kun je dat zeggen? Wat gaan we vandaag doen?'

'Ja.'

'We gaan je naar een tehuis brengen!'

Moniek kon dit gesprek niet aan en was ermee begonnen schotels af te wassen.

'Het is maar tijdelijk, vader. Ik wil dat je weet dat het maar tijdelijk is en dat wij dit doen omdat wij je graag zien en willen dat het goed met je gaat.'

'Ja.'

'Maar voorlopig moet jouw hoofd eventjes herstellen van een woelige periode. Als alle onderzoeken achter de rug zijn en je weer op je plooi bent, keer jij gewoon terug naar huis. Begrijp je mij?'

'Ja.'

Indrukwekkend hoe makkelijk dat kind kon liegen. Het mocht dan wel met de allerliefste intenties zijn, ik ging me ongewild toch afvragen hoe vaak zij mij eerder al bedot had. Wat een talent voor smoelentrekkerij, zeg. Enfin, ik was slecht geplaatst natuurlijk om haar op dat punt veel te verwijten.

We zouden met twee wagens rijden. Bevreesd als hij was voor de grote emoties en het uiterst voorspelbare gesnotter van de vrouwen in de auto eens ik definitief van onze oprit werd gereden om hier nooit maar dan ook waarlijk nooit meer weer te keren, had Hugo besloten om zijn wagen vol te laden met de nodige spullen: het drietal koffers met kleren, pyjama's en trainingsbroeken vooral, plus het meubilair voor mijn aanstaande kamertje. Moniek en ik konden dan mee in de wagen van Charlotte.

'Alle spullen zijn ingeladen', hijgde Hugo.

Een doodsklok had vrolijker geklonken.

Niets hield mij nog hier.

De buren hadden zich strategisch opgesteld om mijn stille uittocht gade te slaan. De ene stond in zijn voortuin te schoffelen, de andere duwde een grasmaaier voor de vierde keer al die ochtend over steeds hetzelfde perkje. Velen waren generatiegenoten, natuurlijk, zijn hier min of meer gelijktijdig met ons in deze straat komen wonen. Onze huizen zijn ongeveer even oud. Onze lijven ook. Onze kinderen groeiden met elkander op, we kregen samen onze eerste oproep voor een prostaatonderzoek en praatten daarover op dezelfde buurtfeesten. Het feit dat ik naar een tehuis vertrok konden ze ergens, in een zijkamer van hun hart, misschien wel treurig vinden omwille van mij; maar in de eerste plaats ervoeren ze dit toch vooral als confronterend met zichzelf: hún leeftijd, hún nakende einde.

Marie-Louise uit nummer 31 was de enige van het gezelschap die ongegeneerd op straat stond en zowat de helft van haar gezicht in een zakdoek stak. Ook zij bestond voor zestig procent uit water, en dat moest er die ochtend allemaal langs boven uit, precies.

'Papa, kom jij naast mij zitten in de auto? En moeder achteraan? Hugo zal volgen met zijn eigen wagen... Kom!'

Hoewel ze de grootste moeite had om zich sterk te houden, keek ik mijn dochter recht in de ogen, zeggende:

'Je denkt toch niet dat je me dit keer liggen hebt?'

'Wat bedoel je, vader?'

'Wat ik bedoel? Dat ik slimmer ben dan je denkt, dat is wat ik bedoel!'

'Zeg mij, wat is er?'

'Kijk eens naar de auto, Charlotte! Wat zie je?'

'Ik zie niets.'

'Je ziet niets, zeg je. Kijk eens goed!'

'Ik zie niets, papa, echt waar. Toe, zeg mij wat ik moet zien!'

'De caravan hangt nog niet aan de trekhaak! We waren bijna weer zonder op pad!'

Met zijn volle goesting was het niet, maar Hugo heeft uiteindelijk de caravan op bevel van zijn zuster aan de wagen gekoppeld. Plús de opzetspiegels, voor de veiligheid! En toen we dan na veel dralen eindelijk vertrokken vroeg ik Charlotte:

'Kijk de buren allemaal eens staan gapen! Strontjaloers zijn ze. Zou je niet willen claxonneren?'

En aangemoedigd door dat olijke getoeter draaide ik mijn raampje naar beneden en wuifde ik wild de hele Azaleastraat uit. Waarna iemand, u mag drie keer raden wie (voornaam rijmt op 'koliek', achternaam op 'etter'):

'Gelukkig doet zot zijn op zich niet zo een zeer.'

*

Ik steek de Styx over en ik neem mee: een tube tandpasta (voor de zottigheid), een verdwaald citaat van Joseph Roth, de wondere herinnering aan een innige kus die ik evenwel nooit heb gekregen, broodkruimels, een schonere troost dan deze die ik kon vinden in een boule de Berlin, de Stanza van Tante Bonanza, het verlangen naar een T-shirt met het opschrift HET LEVEN BEGINT BIJ 74...

*

Zo, dit is het dus, mijn hard bevochten eindstation: een kamertje van vier op vijf, zoiets, want nagemeten heb ik het natuurlijk niet, en ik was aanvankelijk geschoffeerd door de luizige meubeltjes waarmee Moniek ze had ingericht. Zij kon het mijn geheugen simpelweg niet vergeven dat het haar helemaal had losgelaten, zozeer dat het in mijn hersenspelonk vergeefs zoeken was naar zelfs nog maar haar naam. Erger: volgens mijn brein had deze dame die beweerde met mij getrouwd te zijn nooit bestaan. En daarvoor liet ze mij dus boeten met een goedkope matras en zo'n verouderd, piepklein televisietoestel.

Mijn kleerkast: een aftands, wiebelig gedrocht dat pas na maandenlange zwerftochten langs allerhande rommelmarkten in mijn vrouw een koper had gevonden. Het werd me stilaan duidelijk dat het niet meer de moeite loonde in mijn comfort te investeren en ik mijn recht op degelijkheid was kwijtgespeeld.

'Waarom nog geld steken in een nieuwe, deugdelijke kleerkast? Hij beseft het toch niet meer!'

De schoonheid van een sober interieur had Moniek nooit gevat, wat verklaart waarom zij iedere vierkante millimeter in de Azaleastraat destijds moest volproppen met vazen, pauwenveren, kabouters, klokken e tutti quanti. Haar vrees voor het vacuüm illustreerde zij dit keer door mijn hele kleine en sowieso reeds beklemmende kamertje vol te stouwen met kadertjes. En in die kadertjes: foto's van haarzelf! Moniek met echtgenoot. Moniek met kroost. Moniek met echtgenoot en kroost. Moniek solo. Niet één spontaan kiekje dat was terug te vinden in haar selectie. De ijskoningin van de pose liet zich het liefst van al portretteren in een decor van bloemen of struiken. Ze had ook de eigenaardige tic deze bloemen of struiken te moeten *aanraken* voor de camera. Heel lullige foto's levert dat op, een vrouw die stokstijf met een bevroren tandpastareclameglimlach de lens aangaapt en onderwijl in een mimosa knijpt.

Fotosessies met Moniek waren een pijniging voor het hele gezin. Ze commandeerde Jan en alleman, beval wie waar en hoe moest staan. Aan geintjes is ze niet. Wanneer onze kinderen nog klein waren en er lol in hadden hun tong uit te steken of speels scheel te kijken richting camera, dan beschouwde moeder dit als een vulgaire aanslag op haar persoonlijke levensheil.

'Is het zo dat je herinnerd wil worden? Als een scheel kijkende otter? Allez, steek je hemd in je broek en kijk normaal! Drie, twee, één: lachie-lachie!'

Dat was haar zinnetje: 'Lachie-lachie.'

Iedereen moest elkaar ook vastpakken, tijdens die vermeende vereeuwigingen van 'r. De weinige keren dat ze haar arm op mijn schouder lei, was voor de foto. Ook de fotograaf van dienst moest haar ordonnanties incasseren. Of er mét of zónder flits moest worden getrokken, welk perspectief hij had te nemen, welke sparren en wolkenpartijen er mee het vizier in mochten, of onze benen ook binnen het kader moesten vallen: hij kreeg het allemaal van haar te horen en o wee zijn knekels indien hij haar instructies aan zijn laars durfde te lappen. En alsof er nog altijd magnesium aan te pas kwam om de sluitertijd te beperken, wat zeg ik, alsof daar niet een doodgewoon familielid met een doodgewone camera stond maar wel Diego Velázquez voor een vers opgespannen schilderslinnen, decreteerde ze de aanwezigen onbeweeglijk te blijven staan tot het beeld was vastgelegd. 'Adem inhouden, niet bewegen!'

De digitale fotografie was de uitvinding te veel voor mij. Want voortaan kon Moniek het resultaat van elke fotoshoot ogenblikkelijk controleren. En dus ook willen verbeteren. De kaarsen op mijn voorvoorlaatste verjaardagstaart heeft ze mij bijvoorbeeld tot negen keer toe laten uitblazen, tot de fotografische weergave van dit weinig historische feit haar benedictie kreeg.

Dus zeker, al die opgezette constructies van herinneringen aan familiale peis, ik moest ze niet. Eén van de eerstkomende keren dat Moniek mij kwam bezoeken zou ze vaststellen dat ik alle, maar dan ook werkelijk alle foto's uit hun omlijsting had verwijderd en vervangen door prentjes die ik uit oude tijdschriften en advertenties had gescheurd. Waar eerder mijn echtgenote met handtas klemvast onder de oksel stond te pronken onder de Eiffeltoren, stak nu de afbeelding van een afgeprijsde prosciuttoham, € 1,99 voor 100 gram. De portretten van onze kleinkinderen, correctie, de portretten van Moniek met de kleinkinderen, verving ik door krantenfoto's van auto-ongelukken, en de plaats van onze huwelijksfoto werd ingenomen door een luchtbeeld van een Zuid-Amerikaanse krottenwijk. De hoofdverpleging heeft haar moeten troosten en beklemtonen dat zij door haar echtgenoot hoegenaamd niet werd vergeleken met prosciutto. Niet in essentie. Mijn ziekte was nu eenmaal een keten van onnavolgbare grillen, mijn handelingen waren zonder aantoonbare betekenis, loze daden van een man die het grondplan kwijt was van zichzelf.

Dat had die hoofdverpleging mooi verwoord. Jazeker.

Smadelijker nog dan al die leugenachtige foto's, had ik de religieuze symbolen gevonden die Moniek in extremis mijn bestaan naar binnen katapulteerde. Een crucifix boven mijn bed, stel je voor. 'Baat het niet dan schaadt het niet!' En op mijn gedemodeerde nachtkastje plantte zij een affreus beeldje – biscuit, denk ik – van de Heilige Rita: patrones van de hopeloze gevallen. Misschien moet Moniek eerder domheid dan slechte wil worden verweten, verkeerde ze in de overtuiging dat al deze afgoderij nu eenmaal hóórt in een gesticht. Maar een mens, en ik heb het over mezelf, die is opgegroeid in een maatschappij waarin het geloof nooit ofte nimmer in vraag werd gesteld, en die zijn agnosticisme dan ook beschouwt als een verworvenheid, het product van veel en moedig denken, voelt zich belachelijk gemaakt met het etiket van 'katholiek' op zijn voorhoofd. Ik voelde me filosofisch opgelicht door mijn wettelijke wederhelft en betreurde het niet even uit mijn rol te kunnen stappen om het verplegend personeel van Home Winterlicht te wijzen op deze gruwelijke vergissing. Want dat heb ik nu verdomme wel zitten, dat ik voortaan op de wachtlijst van de dood geboekstaafd sta als 'gelovige'. Een reutel uit mijn keel, een opgerocheld klontertje bloed, en een pastoor met brevier en wijwaterkwast zal aan mijn afkoelende voeteneind verschijnen. Ik weet niet waar te kruipen van schaamte als ik bedenk dat ik hoogstwaarschijnlijk een kerkelijke begrafenis zal krijgen.

Gelukkig liet ik veel eerder al, en buiten het medeweten van Moniek, testamentair vastleggen dat het mij waarlijk worst zal wezen waar mijn stoffelijk overschot belandt. Zolang het maar niet naast mijn vrouw in de grond wordt gestopt! Moniek en ik hebben meer dan nachten genoeg als lijken naast elkaar gelegen, dat we het niet ook nog eens hoeven te doen in een familiegraf. Dat ze maar alleen gaat liggen in haar tombe! Ze zal daar goed en comfortabel liggen. Onder haar marmer, haar kruis, haar foto met tandpastareclamesmile, en de pot bloemen die ze niet meer aan kan raken voor de foto die niemand nog van haar neemt.

Zonder mijzelf te willen roemen als een iconoclast: het beeld van de Heilige Rita heb ik in stukken gesmeten. De patrones van de hopeloze gevallen werd met stoffer en blik op een hoopje gevaagd en roemloos bij het huisafval gezet, samen met de luiers en de gebruikte spuiten.

Om mij van die halfblote Christus te ontdoen heb ik mij een ietsiepietsie meer geamuseerd en ben ik 's nachts afgrijselijk beginnen huilen. De angstaanval, die was ik immers sowieso verplicht aan mijn stand. Net als de hallucinaties.

Tarzan was in mijn kamer, en hij zou mij doden. Help! Help!

Ronde Sonja stelde mij in eerste instantie gerust, zonder mijn angsten in het belachelijke te trekken, maar zij zag helemaal geen Tarzan. Misschien was hij al weg, dat kon, want hij zat ook niet verscholen onder mijn bed. En ze suste me met een snoepje onder de tong waar ik goddelijk goed van sliep.

Maar Tarzan bleef natuurlijk op visite komen. Nacht na nacht na nacht. Waarom niet, als mijn grootmoeder destijds wel indianen met een hakbijl over de vloer kreeg.

'Dáááár! Tarzan! Boven mijn hoofdkussen! Aan de muur! Hèèèèlp!'

'Maar dit is toch Tarzan niet, Désiré. Dat is Jezus!'

Waarna mijn paniekaanval uiteraard nog koortsiger werd.

Men kon mij niet blijven platspuiten en suf voederen. Of vastbinden; een onterende praktijk die tot mijn immense verbazing nog altijd gangbaar is en lelijk pijn doet aan mijn enkel- en polsgewrichten. Dus bleek de eenvoudigste remedie ook de goedkoopste en de beste, en werd het kruisbeeld simpelweg uit mijn kamer verwijderd.

En ik zweer u: Tarzan is nooit meer weergekeerd.

Een radiootje, ja, dat heb ik ook meegekregen. Toen het ding werd aangesloten en uitgetest, was er net een criminoloog aan het woord. Hij beweerde stellig dat onze hoofdstad minder gewelddadig was dan de publieke opinie ons liet aannemen. Jaja, er vielen ginds al eens doden te betreuren in smerige straten. En ja, bescheiden burgeroorlogjes werden er per sms ontketend na een voetbalmatch. En, andermaal ja, buschauffeurs zowel als oudjes werden er neergeslagen om soms nog niet eens een handtas. Maar wie dolgraag vermoord wou worden had weinig te zoeken in de deprimerende metrohallen van die stad. Neen, voor een gruweldaad kon je nog altijd beter in het huwelijk treden. De kans dat je met je eigen moordenaar was getrouwd, was statistisch vele, vele malen groter dan dat je 'm in een onbekende in de grootstad vond. Het huwelijk was in onze maatschappij nog altijd het grootste misdaadmilieu, met voorsprong zelfs, en toch hoorde je nooit een extremistische partij tekeergaan tegen dat eeuwenoude burgerlijke instituut! Integendeel, ze gewaagden het zelfs te spreken over het gezin als zijnde de hoeksteen van de samenleving!

'Goed, dat toestel marcheert dus ook nog', mompelde Moniek, en een vinger op de power-offtoets legde de criminoloog het zwijgen op.

'Laat staan', schoot ik wakker, 'het leek me net heel erg interessant!'

Een lucide fase, weet je wel, die moest ik zo nu en dan toch ook nog hebben.

Naar die televisie kijk ik, zij het dik tegen mijn zin. Ik doe het om niet door de mand te vallen. Omdat het wordt verwacht dat senielen onverdroten plaatsnemen voor een lichtbak. Geholpen door de leegheid van de meeste programma's staar ik indolent en met mijn schoonste glarieogen naar de jolige plezierverkopers in het scherm, tot ik er vanzelf bij in slaap val en in mijn beddenbak word geholpen.

Die radio is een betere gezel voor wie de dood nog even van zich afduwt maar verder wel alle bruggen met het leven heeft gesaboteerd. Klassieke muziek, voornamelijk, zonder mij nog te willen verdiepen in de componist ervan of mij te vermaken met de nabeschouwingen over interpretaties, variaties of wat dan ook. Enkel luisteren om de muziek, alsof die zomaar op zich kon bestaan en niet noodzakelijk eerst door een mens moest zijn gemaakt. Heerlijk. En dan is het grappig om zien dat er mij soms een verpleegstertje ter wille wil zijn. Ze ziet mij suffen in mijn zetel en heeft medelijden omdat ik onderwijl de gesel van een cellosonatine moet ondergaan en het in al mijn onbeholpenheid niet voor elkaar krijg zelfstandig van zender te veranderen. Dus loopt ze zonder mijn mening af te wachten naar dat radiotoestel en woelt ze de hele ether om, op zoek naar deunen voor de meute. Tralala en hopsasa.

'Zo zie, Désiré, van deze muziek fleur je iets makkelijker op, nietwaar...'

Om goed te doen, ongetwijfeld.

Mijn trouwste compagnon is sinds kort enigszins verrassend een hond, genaamd Pablo, al wordt hij door veel bewoners aangesproken met de namen van de honden die een rol hebben gespeeld in hun verleden, en die al sedert decennia liggen begraven in de lochting van een woonst die spoedig te verdelen staat onder elkaar hatende nabestaanden.

Een klein, harig en gewillig schootzittertje, die Pablo, dat vele oudjes het genoegen verschaft nog 's iets of iemand liefde te kunnen geven. Men heeft er geen spraakvermogen of fijne motoriek voor nodig en het zou kleine schokjes van geluk toebrengen in de geest van wie het streelt. Een hijgend antidepressivum op vier te korte poten. Naar ik opving zouden steeds meer instellingen met succes huisdieren inschakelen in hun personeelsbestand. De prijs van een pot hondenbrokken valt in niets te vergelijken met het nochtans povere loon van een welzijnswerker. En dan is het bovendien ook nog maar de vraag waar een uitdovende mens het meeste deugd aan beleeft: aan een tevreden, stille genieter op schoot, of aan een ruim te luid kwakende kontenwasser met een door onderbetaling aangetast humeur?

Nooit een hond gehad, ik, al hebben mijn kinderen destijds voldoende gezeurd om er één in huis te krijgen en hoopte ik in het geniep dat ze die slag zouden binnenhalen. Moniek was helaas niet aan dieren. Spinnen knipte zij met een schaar levend aan stukken, of zoog ze op met de stofzuiger. Zo'n angst had ze 'r van. Honden waren erger: daar was geen knippen of zuigen tegen te beginnen.

'Een hond? Het heeft een muil: het kan bijten! Daarbij, dat brengt niets dan viezigheid en ziektekiemen naar binnen! Merci.'

Het is heerlijk nu, Moniek op bezoek te krijgen op het moment dat Pablo op mijn knieën zit. Haar te horen balken: 'Désiré alstublieft, doe dat beest weg, al zijn vuile microben kruipen in uw kleren!'

'Wie zijt gij?', vraag ik op zulke momenten altijd. 'Er is hier niets te vinden, alles staat veilig op de bank. Dus maak dat u wegkomt of ik roep de politie erbij en stuur mijn hond achter u aan.'

Als ze mijn waarschuwing negeert of weglacht kan ik nog altijd het kot uit z'n voegen schreeuwen, mijn panische kreet is ten anderen ondertussen haast helemaal geperfectioneerd. Zulks zijn de momenten waarop ik inwendig jodel en weet dat mijn avontuur de moeite is geweest.

Lachie-lachie.

*

Bijna was ik de mogelijkheid dat ik haar alsnog tegen het lijf kon lopen helemaal uit het oog verloren toen ik haar plots herkende: Rosa Rozendaal! In de refter! Zonder tanden, in een vaalgele peignoir. Sabbelend op haar duim, alsof zij het zelf nodig vond te benadrukken dat zij naar een kindse staat was weergekeerd. Indien ik zelf van niet beter wist, dan zou ik stellen dat men een onverbeterlijke positivist moest zijn om te geloven dat dit onbewoonde hoofd eens een beeldig schone vrouw had toebehoord. Van een schoonheid die enkel bleef geconserveerd in de dromen van hen die haar niet krijgen konden. Ik bestudeerde aandachtiger het uiterlijk van dat op het droge gesleepte wrak, want het moest makkelijk zijn om mij van persoon te vergissen. Maar ik vergiste mij niet; Rosa en Rosa alleen was het die daar in haar karretje in een hoek van de refter stond geparkeerd, zij was het en niemand anders, en ik weet nog altijd niet waar ik de zelfbeheersing vandaan toverde om niet ogenblikkelijk uit mijn vel te groeien van blijdschap.

Maanden en maanden ondertussen was het al geleden dat mij werd verteld dat zij aan aderverkalking leed en was opgenomen in een tehuis, opdat haar omgeving eraan kon wennen haar spoedig helemaal te moeten vergeten. In feite was de kans dus bijzonder groot dat ze nu al overleden zou zijn geweest. Maar kijk. Daar was ze. Rosa.

Het verouderingsproces van mijn eigen oude tronie heb ik langzaam, dag per dag, kunnen aanschouwen. Uiteraard zie ik eerder een verschrompelende appel dan een gezicht telkens ik voor de scheerspiegel sta en vind ik daar ronduit niks flatterends aan. Maar het beeld van mezelf als versleten meneertje heeft mij nooit als dusdanig geschoffeerd. Voor zover ik weet draag ik in al mijn dromen mijn gezicht van de dag, mijn smoel du jour, en heb ik in al mijn nachtmerries ook altijd dezelfde leeftijd als deze waarmee ik in bed ben gestapt. Dus nog één keer jong te zijn en mij, al was het maar voor een paar minuutjes, weerom jong te wéten is een voorrecht dat mij zelfs door de magisch-realistische scenarioschrijver van mijn dromen niet wordt gegund. Het uiterlijk van die man aan de andere kant van de wasbak is samen met mijn gedachten opgerukt in de tijd; door eruit te zien zoals zij doet drukt mijn smoel precies uit hoe ik denk en hoe ik mij voel.

Samengevat: ik heb vrede met mijn lelijkheid.

Wanneer ik een beeld van mijn grootmoeder oproep, zie ik haar doorgaans als een vrouw van om en bij de zestig jaar. Wat maakt dat ik tegenwoordig aan mijn grootmoeder denk als aan iemand die gevoelig jonger is dan ikzelf.

Het uiterlijk van Rosa Rozendaal had mijn geheugen dan weer definitief bevroren toen wij op de parking van feestzaal De Albatros stonden en mijn klunzigheid haar uit mijn toekomst dreef. Een meisje, bijna vrouw, in de warme maar veel te korte lente van haar leven, met het kapsel dat er in die dagen nog toe deed.

Lang voor er computerprogramma's werden ontworpen om accuraat het verouderingsproces van een gelaat te berekenen (dit met de bedoeling sedert lang vermiste personen op te sporen) vond ik het als jeugdige aap prettig om te fantaseren hoe mijn kameraden er als oude opoe zouden bij lopen; wie van hen kaal zou worden, wie grijs, wie kreupel en wie kranig bleef. Ik schonk hun in mijn verbeelding snorren, bochels, tandeloze monden. Maar aan het beeld van Rosa heb ik nooit geraakt. Heiligschennis.

Niet mijn verbeelding, de tijd had nu z'n werk gedaan.

Ik verklaar dan ook de oorlog aan de romantische nozem die heeft beweerd dat schoner nog dan schoonheid de ruïne van al dat schone is. Want oorlog is wat hij verdient. Oorlog, of op z'n minst een betere bril. Want natúúrlijk had de uitstraling van dit oude en verslenste wijf geen enkel vergelijk met het tumult dat ze meer dan een halve eeuw geleden stichtte in ieder gezond jongenshart.

Keek zij nu naar mij of beeldde ik mij dat in?

Rosa. Rosa pimpinellifolia. Rosa majalis. Rosa rubiginosa. Rosa tomentella.

Behalve door euforie om dit weerzien, was ik toch ook bevangen door een zekere neerslachtigheid. Mij persoonlijk viel het decor van mijn levenseind niet zwaar. Integendeel, de mij omringende ellende was part of the game. Maar voor Rosa vond ik het zielig haar op deze plaats, in haar verslodderde toestand, te zien eindigen. Kon ze nu slechts een paar stevige schreden terug in haar kalender zetten, Rosa zou zich nog gauw met haar wagen te pletter rijden tegen een eik, om dit miezerige einde te vermijden.

Op z'n minst had ik verwacht dat haar een iets luxueuzer bejaardentehuis als terminus zou zijn gegund. Maar anderzijds, als je ziet wat deze oudbakken instelling reeds kost: een doorsnee maandloon; dokterskosten, medicijnen en luiers lang niet inbegrepen. De vuile was moet je dan nog aan je kinderen geven. En wat je voor dat moeilijk op te hoesten geld krijgt is dat je soms drie uur op de koude vloer blijft liggen als je toevallig uit bed of zetel tuimelt, gewoon omdat er onvoldoende personeel is om regelmatig een neus in alle kamers te steken. Mijn buur, neem nu, heeft onlangs nog een hele godganse nacht liggen jammeren, bloot op de grond, en heeft op redding moeten wachten tot de zon opkwam en het eerste wagentje met verzorgingsproducten door de gang daverde. Aandoenlijk is dat, iemand met amper nog kracht op z'n stembanden om hulp te horen blaten.

Van Liesbeth uit kamer 16 weet ik dat ze mondkanker heeft. Driemaal daags moet ze haar mond reinigen maar dat wordt vaak ronduit vergeten, en niet enkel door haarzelf. Haar spoelbekertje zit vol drendels etter en kleine stukjes vlees die van haar wangen vallen, en wordt in het beste geval na een dag vervangen. Dat ze met moeite nog kan kauwen wordt niet altijd even duidelijk aan de keuken doorgegeven, zodat het wel eens voorvalt dat haar op zondag een stuk pezige biefstuk wordt geserveerd, feestelijk. 'Kijk eens hier Liesbeth, wat ik mee heb voor u: een heerlijk stukje biefstuk! Als je goed luistert kan je 't nog horen loeien, zo vers is het effenaf! Omdat het zondag is. Laat het u smaken kind...' En Liesbeth, het schaap, is veel te braaf en vol blind respect voor een tehuis dat nog altijd met een paar haken en ogen onder auspiciën van enige nonnen staat. Dus zij houdt haar klep en laat die biefstuk ongemoeid liggen op haar bord. En wie zegt dat ze ongelijk heeft? Misschien is het zachter sterven van honger dan van kanker.

Van zodra Rosa op het toneel verscheen gaf ik de hard bevochten rust van mijn kamertje op en liet ik mij gewillig door het personeel meeslepen naar allerhande achterlijke activiteiten. Omtrent dit keerpunt in mijn gedrag gaf de directeur van het tehuis mijn echtgenote te verstaan:

'Uw man heeft zich wonderwel goed aangepast aan deze voor hem nieuwe, vreemde en vaak ook beangstigende omgeving. Velen die hier pas zijn binnengekomen houden ten aanzien van zichzelf vol dat ze hier hoogstens een paar dagen hoeven te blijven en vallen in een nog moeilijk te verhelpen depressie eens het tot hen doordringt dat de band met het thuisfront definitief is doorgeknipt...'

Vandaar dus dat ik mijn radio gaarne achterliet voor een namiddagje bingospel, of, van hetzelfde niveau, ganzenbordspel, hopend ook Rosa daar aan te treffen.

Dat ik mij daarmee op glad ijs begaf is duidelijk. De valkuilen tijdens zo'n infantiel spelletje zijn talrijk en ik liep meer dan me lief was het risico ontmaskerd te worden. Eigenlijk wist ik ook niet goed of ik met mijn ziektebeeld wel in staat was om toenaderingspogingen te verrichten. Twijfelachtig. Als ik te lang naar Rosa keek, haar als het ware viseerde en mij zo vaak als mogelijk naast haar aan een tafel zette, maakte mij dat dan ongeloofwaardig als dementerende? Geen idee, maar ik lette wel op.

Was er een knutselactiviteit? Kwam mij dan maar halen! Ik beschilderde kerstballen op bestelling, paaseieren, carnavalsmaskers, knipte slingers en blies ballonnen op of toonde alleszins de intentie dat te doen (waarbij ik er natuurlijk op lette dat er meer spuug dan lucht die ballon in ging).

Het meest echter keek ik uit naar de zangstonden in wat heet: het geheugenkoor. Een nieuwigheidje in de zorgsector. Want nu wetenschappelijk is gebleken dat liedjesteksten uit de oude doos zich makkelijk weten te handhaven in een lekkend geheugen, worden her en der in de bejaardentehuizen die zogenaamde geheugenkoren gesticht. Zingen, meer hoeven de Wiener Sängerbejaarden niet te doen. De tijd van toen, herinneringen, aan leuke liedjes, melodietjes uit vervlogen tijd. Volgens specialisten zou het de oudjes deugd doen nog eens hun memorie te kunnen aanspreken en zouden ze zelfvertrouwen en morele kracht putten uit dit gezang. Dat iemand in zijn kindertijd in een koor zou hebben gezeten, een écht koor bedoel ik dan, alwaar ie met hart en ziel cantates van Bach zong, is nog nooit bij verpleger Dirk, de dirigent van ons koor, opgekomen. Het repertoire van het geheugenkoor bevat enkel gouden hits, de populaire rotzooi, het vermaak van de eenheidsworstenvreters. Gemene delers zijn zelden groot. Geen nood, ik hield mijn cantates voor mezelf en jodelde olijk mee met de muzikale successen uit een vorig tijdperk. Om tot mijn eigen verbazing vaak vast te stellen dat al die liedjesteksten zich werktuiglijk goed hebben verdedigd tegen de roof op mijn herinneringen. Zowaar zelfs zonder dat ik ooit de geringste moeite heb gedaan óm ze te onthouden.

De knutselmiddagen en de bingosessies durfde Rosa wel eens te laten schieten (en dat pleitte voor haar), maar als het geheugenkoor werd opgetrommeld tekende zij bijna altijd present. Als ik dan ook nog eens een stoel naast haar kreeg aangewezen was ik de gelukkigste mens van de wereld en wijde omstreken, en zong ik, met een enthousiasme waarvan ik niet bevroedde dat ik het nog in mij had:

'Wat je naam was, dat ben ik verge-ten, maar je kus-sen vergeet ik nooit meer.
Van je liefde, wou ik toen niet we-ten, maar in dro-men zie ik jou steeds weer.
Want geen an-der is er daar-na nog geweest voor mij.
Toen ik af-scheid nam van jou ging het ge-luk voor-bij.'

Heel af en toe keken Rosa en ik elkaar aan terwijl wij deze uitgediende kraker van Ray Franky kwinkeleerden, en ik maakte er mezelf dan altijd op attent dat zij onderwijl niet langer die duffe potplant in een rolstoel was. Maar een gelukkig mens. Haar gezicht tijdens die magische momenten: een hoop grauw vel met een glimlach in. Zij had het gissen naar haar gisteren, maar gelukkig was ze, voor de duur van zeker al dat ene lied.

Hoe zij kuste, heb ik nooit geweten, maar haar naam vergat ik niet meer.

Van haar liefde, wou ik zeker weten, en in dromen zie ik haar steeds weer.

Changez!

Wie de hele ideologie van samenzang ook een groot hart toedroeg, en dat trouwens nog altijd doet, is uiteraard Kampcommandant Alzheimer. Hij voelt zich zichtbaar bedrogen door zijn eigen, met de dood capitulerende benen. Want liever droeg hij bottines dan schabberige pantoffels, en zong hij al deze liederen niet gezeten in een rolstoel, doch marcherend. Maar hij bloeit helemaal open wanneer hij zich bij het geheugenkoor vervoegt en vibrato op zijn slappe stembanden zet. Eenmaal op dreef is er aan die kerel geen houden meer en haspelt hij op eigen houtje zijn ietwat aparte oeuvre af:

'Wetzt die langen Messer auf dem Bürgersteig
laßt die Messer flutschen in den Judenleib
Blut muss fließen knüppelhageldick
und wir scheißen auf die Freiheit
dieser Judenrepublik.'

Zoals ik kwam te zeggen: een dolgelukkig mens, en het levende bewijs dat zo'n geheugenkoor het lijden van de hoogbejaarde sukkelaars heel goedkoop verzacht.

Afsluiten doet men die koorsessies altijd met scabreuze liederen. Het is geen geheim dat oudjes regelrechte viespeuken zijn en een vurige belangstelling tonen in de inhoud van een onderbroek. Hoe voornamer de functie bij leven en welzijn van de bejaarde was, hoe groter zijn of haar liefde voor het viezere chanson. Voormalige onderwijzeressen, teruggekeerde missionarissen uit een malariagebied, nieuwslezers, vrederechters, gewezen ministers van staat, vaders van een groot en godvruchtig gezin: allemaal zijn ze verzot op de thema's die ze jarenlang ontweken in het openbaar. Maar de tijd kent geen genade, ooit komt Koning Zandloper ons halen, en dan grijpt de natuur terug wat cultuur haar probeerde af te snoepen.

Groot succesnummer is in Home Winterlicht altijd weer de befaamde 'Stanza van Tante Bonanza', die in onze snotneusjaren verspreid raakte door dronken arbeiders en werd opgepikt door goddeloze kwajongens:

'Zij is zo zot als een deur en zij stinkt uit haar scheur: 't is Tante Bonanza...'

Ook Rosa ontlokte dit lied steeds veel enthousiasme en de zeven volgende regels zong ze foutloos mee, alsof ze er eerst nog stiekem op haar kamer voor had gerepeteerd.

Jammer toch dat we met dit wondere koor geen optredens geven. Wat zou ik gaarne Moniek De Petter in het publiek hebben zien zitten!

De bejaardengymnastiek onder begeleiding van een accordeonist en een geriatrische fysiotherapeut heeft mij nooit kunnen bekoren. Ook al liet ik daardoor een gelegenheid schieten om Rosa Rozendaal terug te zien, het was mij te lastig om mijn bewegingsapparaat weer aan de praat te krijgen. Liever lui dan moe, ik stop het niet weg. Bovendien wordt niemand leniger met de jaren en ben ik het om te beginnen nooit geweest.

Mijn dag was tot voor kort de vrijdag, dansdag. Dan kwam Lorenzo, de vierkantswortel van Frank Sinatra, evergreens en trage plakkers uit zijn synthesizer tokkelen. Toonvast was hij nooit helemaal, maar het snorretje waarmee hij alvast een deel van zijn babyface hoopte te verstoppen maakte hem razend geliefd bij de overgrootmoedertjes. Het zou mij niet verwonderen indien hem zo nu en dan al eens een complete erfenis werd nagelaten door een weef wier weinige vreugde in het leven nog werd geschonken door Lorenzo, de pannenkoeken-met-koffiepianist.

Veel ondernemingszin kon van iemand in mijn toestand niet meer worden verwacht, dus wachtte ik apathisch mijn lot af en ging ik dansen met de partner die mij door het vrolijkheid veinzende personeel werd aangewezen. Waardoor ik meestentijds leunend tegen een verpleegster een slow slofte. Strangers in the night. Maar op een dag zou ik aan Rosa worden geklonken, en mocht de farmaceutica haar dan de kracht willen schenken om vijf minuten haar rolstoel te verlaten, dan, dan zou ik haar in mijn armen nemen en met 'r dansen. Een jive in duizend vertraagde maten. En wanneer ik er mij van verzekerd had dat geen der wakkere geesten ons aan het bespieden was, zou ik in haar oor hebben gefezeld:

'Rosa, ik ben het: Désiré Cordier. Wat zou je 'r van vinden als we even naar buiten gingen, fris luchtje scheppen, veel te warm als het hier binnen trouwens is...'

*

Tussen mijn zestiende en mijn dertigste ging ik regelmatig naar het theater en beschouwde ik alles wat daar op het podium gebeurde als een abstractie van het ware leven. Tegenwoordig probeer ik mij met taferelen uit dat ware leven te amuseren door ze te bekijken als een stuk toneel. Soms is dat handig. Zoals die keer toen ik buiten in de tuin van het tehuis zat te wachten op een bus die nooit kwam. Het zonnetje scheen pesterig voor alle studenten die elders in het land en in dat jaargetij boven hun examenstof gebogen hingen, de ramen van bijna alle bejaardenkamers stonden open en uit één ervan kwam mij een boeiend luisterspel aangewaaid. Een krachtige stem, geschikt voor openluchtopera's en verkiezingsspeeches:

'Dus zo doet u dat, voedingsstoffen knallen in de arm van een oude man die niet wil eten!'

Helaas voor het spektakel kon ik het antwoord van de verpleegster niet horen, maar het liet zich makkelijk vermoeden door de tirade die erop volgde.

'Natuurlijk eet mijn vader niet. En waarom niet, denkt u? Heeft hij last aan zijn slokdarm? Neen. Krijgt hij zijn kaaksbeenderen niet meer bewogen? Neen. Dus wat kan de reden zijn, juffrouw? Zal ik het u even zeggen? Of wacht, ik heb het al gezegd: mijn vader eet niet omdat hij niet wíl eten. Hij wil niet. Zal ik het nog eens zeggen: hij wil niet eten! Niet, niet, niet, niet. En waarom wil mijn vader niet eten? Omdat hij het zo ongeveer wel heeft gehad met dit leven! Omdat hij dood wil, als u dat beter verstaat. Dus daarom. Onbegrijpelijk dat u zoiets niet ziet. Mollenblind moet u daarvoor zijn. Mollenblind of oer-oerdom. En wat doen jullie hier wanneer een mens het eten niet meer in zijn mond wil steken? Jullie injecteren de hele maaltijd in z'n arm: voorgerecht, soep, hoofdschotel en dessert, de hele dagschotel, hopla in de aders! Eet smakelijk, mijn bestevaar! Zie het godverdomme maar eens aan, die dunne armpjes van deze brave man. Ze zien paars van alle naalden die jullie er reeds hebben in geramd. Je moet een beul zijn om zoiets te kunnen. En als mijn vader die naalden uit zijn arm rukt, hetgeen dacht ik zijn volste recht is, dan binden jullie zijn armen vast alsof het een misdadiger is. Erger zelfs, want hier in dit land moet je verdekke al héél foute dingen doen vooraleer je van je vrijheid wordt beroofd en vastgekneveld... Mag ik u vragen wat u gaat doen wanneer mijn vader helemaal geen armen meer heeft, wanneer u al zijn aders met uw katheters heeft kapot gekoterd? Gaat u zijn maaltijden er dan langs zijn kont inpompen of wat…?'

Een mooie scène, krachtig gebracht, maar het vervolg werd mij eilaas ontnomen doordat het raam in de betreffende kamer plotsklaps werd gesloten.

Ik deelde het bushok in de tuin tijdens deze aangrijpende act met een klein, iel ventje van, ik schat, halverwege in de tachtig. Ik kende hem, van zien in de gangen en de refter. Soms nam hij deel aan de ganzenbordspelnamiddag. Nou ja, wat deelnemen heet: meer dan een beetje heen en weer wiebelen met zijn bovenlichaam en zich het kwijl van zijn kin laten wrijven deed ie daar niet. Hij droeg patersandalen en ter hoogte van zijn linker dikke teen stak een machtig gat in zijn sok. Het enige wat hij nog tot een goed einde bracht in dit bestaan was z'n sigaretten rollen en ze vervolgens oproken. De ene na de andere.

Hij hoestte.

Ik keek hem aan en vroeg: 'Wanneer komt de zevenenzeventig? Ik zou op tijd in de pianoles moeten zijn.'

'Om zeven na het uur en om vier na het halfuur!' En hij spuwde een met tabakssappen gekleurde rochel de grond op.

Dat leek mij meteen een goed eind van ons gesprek, zonder meer het boeiendste dat ik al had gevoerd met een medebewoner van Home Winterlicht. Maar hijzelf dacht daar heel anders over en sloeg mij geheel onverwachts compleet uit mijn lood met de woorden:

'Je bent niet goed bezig. Ik zou beter uit mijn doppen kijken als ik jou was, want één dezer dagen loop je tegen de lamp.'

Aan gekken geen gebrek, nergens, dus hier al helemaal niet.

'Pardon?', zei ik, niet helemaal op mijn gemak.

'Het valt op dat je doet alsof. Je legt het er veel te dik op.'

'Hoe bedoel je?'

'Je weet wat ik bedoel. Je doet aan overacting. Echt een derderangsacteur. Jij hebt jouw bovenkamer nog beter op orde dan je hoopt uit te stralen naar buiten toe.'

'Wow! Dus dat maakt dat jij ook…'

Ongelofelijk. Ik was volledig van mijn melk. Ontmaskerd door zo'n verfomfaaid, viezig ventje.

Ik zei: 'Jij was het toch, nietwaar, die vorige week opeens in je blote pieterman aan de ontbijttafel stond, huilend omdat je mama jou niet was komen afhalen van school.'

'Je moet er iets voor overhebben.'

'Chapeau, dat zou ik nog niet kunnen opbrengen, denk ik. Zo in mijn blote op wandel door de gangen, neen, het is nog niet voor meteen.'

'Vroeg of laat zal je toch moeten, het is een belangrijke fase… Kak je al in bed?'

'Nog niet elke nacht. Een keer of vier per week. Vreselijk is dat. Maar ik heb wel al op de mat geplast!'

'En je vrouw?'

'Die herken ik niet meer.'

'En je kinderen?'

'Mijn kinderen? Volkomen vreemden die elke zaterdag mijn vuile was meenemen.'

'Goed. Zeer goed.'

En ik die dacht dat ik alle zottigheden met mijn medemens achter mij had gelaten. Een man (echtgenoot, toegewijde werker, vader, brave belastingbetaler, voornáám, een onbeschreven blad) denkt dat hij de avontuurlijkste bejaarde ter wereld is, de enige die kierewiet genoeg is om te gehoorzamen aan de inval zich voor te doen als dementerende. Zijn opzet lukt, hij slaagt er zelfs in artsen te overtuigen van de neurofibrillaire knoeiboel onder zijn schedeldak, en vervolgens komt hij triomfantelijk en met een herwonnen zelfrespect terecht in een gespecialiseerde instelling, om daar dan te moeten concluderen dat hij hoe-ge-naamd niet origineel is. Wel, holy shit, zeg.

Ik raakte bij dezen meteen begeesterd door de fantasie dat het nu ook niet meer zou ophouden met twee acterende oudjes, dat ik hier misschien wel eens omringd zou kunnen zijn door meer frisse knikkers dan ik dacht!

En wat zich daarmee ook onverwachts aandiende, was de mogelijkheid dat tevens Rosa Rozendaal ze allemaal nog op een rijtje had!!! Want zeker, zoals zij naar me keek in het geheugenkoor...

'Denk je dat we de enigen zijn die de boel belazeren?', vroeg ik mijn onverwachte wapenbroeder. 'Of zijn er hier nog?'

Want ja, nu hij mij had kunnen betrappen leek het mij logisch dat hij ook een goed zicht had op de authenticiteit van de andere dementerenden in dit gebouw. Maar hij trok zijn schouders op.

'Neem nu die brave slets uit kamer 18, die stakker die simpel prentjes uit de *Miauw!* knipt, terwijl zijn echtgenote hem in het gezelschap van haar minnaar een bezoekje brengt? Zou hij niet doen alsof?'

Weer trok hij zijn schouders op.

'En die voormalige kampbeul?', drong ik aan, 'Walter De Bodt. Kampcommandant Alzheimer zoals ik 'm noem?'

'Moeilijk te zeggen.'

'Hij zou alleszins een goeie reden hebben om zich als een geestelijk gedeclasseerde te gedragen. Toch?'

'Nogmaals, ik weet het niet. Maar als die oorlogsmisdadiger een valse seniel is, dan speelt hij het toch wel beter dan u.'

En hij rolde zich een volgende sigaret.

Ik hield er rekening mee dat mijn nieuwsgierigheid hem slecht beviel, maar ik waagde het er toch maar op en stelde hem die ene voor de hand liggende vraag:

'Je hoeft er natuurlijk niet op te antwoorden, maar nu ben ik toch erg benieuwd geworden naar datgene wat jou ertoe bracht om jezelf voor te doen als een dementerende...'

'Middelmatigheid, neem ik aan.'

'Middelmatigheid?'

'Dat ik ben als al de rest en mij daar op de valreep nog van af wil maken.'

'Leg uit.'

'De vijf meest weerkerende punten die stervenden zichzelf verwijten zijn, ten eerste, dat ze te veel hebben gewerkt. Ten tweede, dat ze te veel hebben geleefd volgens de verwachtingen van anderen. Ten derde, dat ze de contacten met hun vrienden hebben verwaarloosd. Ten vierde, dat ze zichzelf onvoldoende gelukkig hebben gemaakt. En ten vijfde, dat ze te weinig hun gevoelens hebben geuit... Dat vijfde en laatste punt kan mij persoonlijk niet zo veel bommen, maar ik kan de grote lijnen van mijn leven wel terugvinden in die vier andere ergernissen. In punt twee nog het meest...'

'Dat versta ik.'

'... En ook', ging hij verder: 'ik had er behoefte aan om nog eens alleen te zijn met mezelf. Buiten dit tehuis ligt een wereld waarin je niets anders moet doen dan praten. Praten, praten, praten en nog eens praten. En luisteren of op z'n minst toch doen alsof, naar mensen die praten, praten, praten. En die kriskras door elkaar heen praten, praten, praten. Je hebt familiale en andere verplichtingen, wat vaak weer neerkomt op praten en luisteren, en ik had er gewoon geen zin meer in, in die hele sociale pantomime. Ik wou eindelijk stilte voor mezelf en alleen zijn met mijn gedachten. Hier kan ik dat min of meer. Het is de enige plaats waar wordt geaccepteerd dat ik volledig in mezelf ben gekeerd. Het was mijn laatste kans. En jij? Waarom ben jij op hetzelfde idee als ik gekomen?'

Ik was er nog niet helemaal zeker van of ik dit zo meteen afdoende tegenover een wildvreemde kon formuleren, en om bedenktijd te winnen vroeg ik die man om een sigaret. Het was sinds mijn eenentwintigste geleden dat ik nog had gerookt. Ik had altijd graag gerookt, was als immer onzekere jongeling tevreden dat ik mij door zoiets lulligs als een sigaret meteen een houding kon geven en hield eigenlijk ook best van de smaak. Maar tijden en zeden veranderden, onze kijk op tabak ook. En ik had een lief dat meteen de dirigeerstok van ons toekomstige gezin in handen nam en eiste dat ik ophield met mijn stinkende gewoonte. Bon, het wás ongezond en je ging er gauw aan dood. Al was mijn kettingpaffende kompaan in dat bushok daar niet een doorslaggevend bewijs van. Feit is, na meer dan een halve eeuw stak ik voor het eerst weer een sigaret tussen mijn lippen, en het was alsof ik mijn vorige saf een uur eerder nog maar had gerookt, zo vertrouwd voelde het aan. Ik moest niet hoesten, voelde slechts een lichte doch verre van onaangename duizeling. Een uiterst smakelijke belevenis die deugd deed na weken te hebben geteerd op de magere en zoutarme gaarkeuken van Home Winterlicht.

'Bon, weet je nu eindelijk waarom jij hier het gros van je dagen in pyjama doorbrengt?'

Ja dat wist ik.

'*Het leven scheen sneller te gaan dan de gedachten*', oreerde ik veel te plechtstatig. '*En voor hij een besluit had genomen was hij een oude man...*'

Het waren niet mijn woorden, ik had ze geplukt uit de mond van een romanpersonage.

'Je moet weten', verantwoordde ik me snel voor mijn,

toegegeven, belachelijke interessanterij, 'ik ben bibliothecaris geweest. Zeer graag bibliothecaris geweest. Ik heb mij altijd bediend van boeken en heb het nooit erg gevonden mijn eigen gedachten te stutten met die van anderen. Dus voor mezelf kan ik wel iets met dat citaat.'

'Dat is het belangrijkste', antwoordde hij laconiek, 'dat jijzelf er iets mee kan.'

Hij had er vast al spijt van dat hij met mij een gesprek had aangeknoopt. Ik zag het. Ondanks onze zelfde lotsbestemming zouden wij nooit vrienden zijn geworden in het leven, toen het nog op een leven leek.

Behalve onzin kraamde ik al enkele maanden niks meer uit. Nu zat ik onvoorziens in een conversatie en vond ik dat tot mijn grote verbijstering bijzonder vermoeiend. Deze verloren frisheid ten aanzien van taal kon mij van pas komen, als ik spoedig mijn afatische en wat mij betrof laatste levensfase hoorde te lanceren. Het werd volgens het boekje tijd dat ik daar werk van maakte, en een betonkogel door mijn woordenschat gooide. Benieuwd of ik daar wel klaar voor was.

'Ken je Bohumil Hrabal?', vroeg ik, want het leek me dat ik er toch nog eens van moest profiteren, nu ik nog iets of wat mocht spreken.

'Hoe zou ik die moeten kennen? Ik ben dement!'

'Een schrijver!', ging ik verder. 'Uit Praag. De man was al een eindje in de tachtig toen zijn gezondheid achteruit bonjourde en hij werd opgenomen in een tehuis. Hij zou daar tamelijk poëtisch om het leven zijn gekomen: uit het raam gevallen terwijl hij de vogels aan het voederen was. Maar volgens ingewijden heeft hij zichzelf met rolstoel en pispot en al opzettelijk uit het raam geflikkerd. Een vrijwillige defenestratie, hetgeen in zijn stad net iets meer betekent dan het hier zou doen.'

Hij onderbrak mij.

'Pas op, pias, met al jouw blabla's en hou je tater toe. Die dikke verpleegster die zo heftig van onder haar oksels stinkt al nadat ze drie uitgeteerde meetjes uit bed heeft getild, komt aangewaggeld. Om te blaffen dat onze bus vertraging heeft en te vragen of we geen vijf minuutjes willen binnenkomen voor een kop koffie.'

'Heeft onze bus vertraging, zeg je? Verdomme, zo ga ik nooit piano leren spelen.'

*

Ik steek de Styx over en ik neem mee: een tube tandpasta (voor de zottigheid), een verdwaald citaat van Joseph Roth, de wondere herinnering aan een innige kus die ik evenwel nooit heb gekregen, broodkruimels, een schonere troost dan deze die ik kon vinden in een boule de Berlin, de Stanza van Tante Bonanza, het verlangen naar een T-shirt met het opschrift HET LEVEN BEGINT BIJ 74, meer hoop dan zekerheid dat er aan de andere oever op mij wordt gewacht. En verder niks.

*

Moniek De Petter was helemaal buiten zichzelf van colère toen ze mij tijdens één van haar plichtmatig afgelegde bezoeken op mijn miljardste gemakken zag paffen in de kantine. Een zelf gerolde sigaret, van tabak die mijn dwalende kameraad in mijn kamer had gelegd. En daar een goed, nou ja, en daar een slecht glas wijn bij. Toen pas écht was ik voor haar de verpersoonlijking van de geestelijke degeneratie, al heeft ze wel eerst de hoofdverantwoordelijken hun vet gegeven omdat mijn marginale gedrag het gevolg moest zijn van te veel en vooral de verkeerde medicatie. Wat voor dokters waren dit nu, alla, dat zij hun patiënten zomaar lieten roken en alcohol zuipen!!! Een klacht zou zij neerleggen, recht in het hart der Orde der Geneesheren! En dat ze zich dan maar even staande trachtten te houden aan hun bretelles, want misschien werd hun licentie wel ingetrokken en mochten zij spoedig vrede nemen met een baantje bij de vuilniskar!

'Heel zijn leven intellectueel geweest, mijn echtgenoot. Praatte Latijn tegen de vogels in de tuin om zijn talen te onderhouden. En u moet hem daar nu zien zitten met die smeerlapperij in zijn mond. Een figuur, recht uit de vierde wereld geplukt, lijkt wel.'

Tja, zelf kon ik er niet veel aan doen; ik was gewoon vergeten dat ik gestopt was met roken. Een typisch ziektesymptoom, toch?

Neen, dan was de reactie van mijn dochter bij haar laatste bezoek in al haar spontane verbazing veel hartelijker.

'Och god, heb jij nog gerookt vroeger? Daar heb je mij nooit iets van verteld. Ik heb eigenlijk, nu ik eraan denk, ook nooit een foto van je gezien waarop je met een sigaret staat afgebeeld. Nochtans heb ik de laatste weken veel in die oude albums van jou zitten bladeren.'

Vervolgens stak ze zelf een sigaret op. Die hoefde ze niet eens te schooien, ze diepte het pakje zomaar uit haar handtas op. De ene verrassing bood tegen de andere op. Want dat wist ík dan weer niet: dat zíj rookte!

'Het is een surprise waar ik niet meer op had gehoopt, vader, namelijk dat ik ooit nog gezellig samen met jou zou zitten roken. Enfin, gezellig... Het had gezelliger gekund. Maar goed, mijn hele leven heb ik deze giftige maar verdomd toch zo heerlijke gewoonte voor jullie verborgen gehouden, en dat lukte zo goed dat het mij bij momenten onmogelijk leek dat jullie niets wisten van mijn gepaf... Dat jullie jandorie nooit in de smiezen hadden dat ik als tiener in het tuinhok rookte! Omdat ik dat gezellig vond. En meer nog; omdat die sigaret een goeie compagnon was op mijn pad als ietwat eenzame, verloren lopende adolescent. Het was roken óf mij tot ontploffens toe vol stampen met suikerhoudende troep. Wat mij betreft heb ik daar de juiste keuze gemaakt. Ik had trouwens al meer dan één stevig gevulde puist zonder dat ik er moeite voor moest doen. Maar ik hield het roken wel geheim, natuurlijk. 'k Heb op koffiebonen gekauwd om niet te worden verraden door mijn asem, een kermistruc waar wakkere ouders volgens mij niet intrappen. Maar jullie dus wel, kennelijk. Moeder zou mij de kop van m'n romp hebben geklopt, vrees ik, indien ze wist dat haar keurig opgevoede dochter zich had verlaagd tot dit zelfmoorddadige genotmiddel van het klootjesvolk. Ze zou me hebben uitgescholden voor hoer, zoals ze ook deed toen ze in haar wasmand ontdekte dat ik zwart ondergoed was gaan dragen. Zwart ondergoed én ook nog eens roken, die combinatie was ze vast nooit te boven gekomen. Temeer omdat ze ook al had ontdekt dat ik achter haar rug om bij onze huisarts aan een voorschrift voor de anticonceptiepil was geraakt. Daar reeds was ik het uitschot van Sodom en de eerste plank van haar doodskist. De huisarts heeft ze bedreigd met van alles en nog wat; hij moest zich schamen minderjarige en ongehuwde meisjes buiten het medeweten van hun ouders aan te zetten tot perversiteiten. Dát discours dus... Het is trouwens in die dagen dat ze van huisarts is veranderd. Jij trok het je allemaal niet zo aan. Jij zat in je boeken en vond het ongetwijfeld delicaat als vader met je dochter te praten over dit soort intieme zaken.'

Slik.

'Misschien dat je met Hugo de gevoeligere onderwerpen wel durfde aan te raken, als mannen onder elkaar.'

Slik.

'... Je moet weten, ik was het huis al uit, een vrouw op eigen poten zoals dat dan heette, en jullie wisten nog altijd niet dat ik een verstokte paffer was. Een pakje per dag, makkelijk. Uiteindelijk vond ik het ruimschoots het eenvoudigst om de rust te bewaren op de weinige plaatsen waar die nog aanwezig was en niet te roken in jullie bijzijn. Ik moest het maar zien als een gelegenheid om mij maar even op een kleiner rantsoen nicotine te zetten. Nieuwjaars- of andere feestjes met familie kostten mij steevast al mijn vingernagels. En als ik dan toch eens de duimen legde voor mijn verslaving en zogenaamd even naar buiten moest met een smoes, dan vond ik het razend spannend om in de tuin te roken. Net of ik weer zestien was. Maar kijk, hier zit ik nu, volwassen en wel, er staat verdomme al een vette vier, ja, bijna een vijf voor mijn leeftijd, en ik rook voor het eerst in het bijzijn van mijn vader. Absurd, toch?'

Absurd... Tegen wie zei ze het?

Op dat ogenblik werd Rosa Rozendaal naar de kantine gebracht door een lief en ijverig verpleegstertje dat Rosa's depressie had willen doorbreken met wat koffie en een stuk gebak. Verandering van atmosfeer, al was het maar van de kamer naar de kantine, doet kleine wonderen met een moe geleefde geest. Hoe kwam het trouwens dat Rosa zo zelden iets van bezoek kreeg? Haar man, waar bleef die? Lag hij al onder de zoden? Haar kinderen, waar hingen die uit? Of had ze 'r geen?

Ze beet in haar cake en lachte eens. Ze hadden eraan gedacht haar kunstgebit in te steken. Mooi zo.

'Je weet niet meer wie ik ben, hè?' Mijn dochter weer tegen mij.

Ze zuchtte. Greep andermaal in die kolossale handtas van 'r, een draagbare vergeetput, waaruit ze na enig woelwerk een aansteker viste. De sigaret die ze mij aanbood kon ik niet weigeren.

'Je zou eens moeten weten', ging ze verder, geforceerd gewoontjes, 'hoe uniek deze plaats ondertussen is. Ik ken geen enkele andere openbare ruimte in dit land waar je vandaag de dag nog roken mag binnen. Maar ik begrijp het natuurlijk wel. Probeer maar eens uit te leggen aan een demente die met zijn gedachten weer volop in de vorige eeuw vertoeft dat er tegenwoordig sprake is van passief roken en zoiets schadelijk blijkt te zijn voor de volksgezondheid. Jou krijgen ze het niet meer uitgelegd, neem ik aan, dat je gelijk een gestrafte schooljongen buiten in de kou en de wind moet gaan staan met je sigaretje.'

Ik keek nog altijd naar Rosa, naar het laatste stukje van haar cake dat haar mond in gleed.

Toen ik opnieuw de moed had mijn blik min of meer in de richting van Charlotte te sturen, zag ik dat haar ogen weeral zwommen in het vocht. En met een schok waarop ik nochtans voorbereid had moeten zijn begreep ik opeens dat ze naar me keek, zoals er nu eenmaal naar iemand wordt gekeken voor het laatst. Zij was vandaag naar hier gekomen om afscheid van me te nemen! Eigenlijk had ze dat allang gedaan. Tenslotte bestond mijn ware ik al geruime tijd niet meer, nietwaar. Ze bracht het niet meer op iemand te bezoeken die haar niet herkende. De enige man die zij wenste te erkennen als haar vader, was opgelost in de mist van zijn memorie. Dus dit was haar laatste visite aan dit treurhol, het laatste symbolische bezoek, om alles af te ronden. Ik zag het. Ik voelde het. En ongelijk kon ik haar uiteraard niet geven. Mijn zoon had er zelfs al veel eerder de brui aan gegeven.

(‘*Of ik daar nu voor zijn neus zit of niet, hij weet niet eens meer wie ik ben. Volgens mij heeft hij ondertussen zelfs meer schrik van mijn aanwezigheid dan dat ik hem ermee plezier…*’ Ik hoorde het hem al zeggen.) En ook Charlotte dus zou vanaf morgen met zo’n standaardzinnen tegenover haar geweten verantwoording afleggen voor haar vervroegde afscheid.

(‘*Ik wilde me mijn vader blijven herinneren zoals ik hem heb gekend, niet als de wildvreemde die hij op het laatste werd.*’)

Van al mijn petanquemakkers was er mij hier nooit iemand komen bezoeken. Oud-collega’s van de bieb of buren evenmin. Mijn broer? Hier nooit gezien! Waarom zouden zij ook inderdaad. Het sterven niet te na gesproken was ik toch al dood. Een leeg omhulsel op een kakstoel. Als nu ook mijn dochter het niet meer opbracht om mij te bezoeken bleef er alleen nog Moniek over. Mijn enige en laatste lijn met het bestaan. Maar zij viel door te knippen.

Charlotte praatte heel de tijd tegen me, zo goed als onophoudelijk. Niet omdat ze nog op iets van communicatie met me rekende, maar omdat ze het hierna nooit meer zou doen. Voor de vorm. En omdat we allemaal zo deksels onhandig zijn in het afscheid nemen.

'Je hebt ons lelijk liggen, vader, met je ziekte. Weet je dat? En mij in het bijzonder, want onze Hugo trekt er zich niet te veel van aan. Te druk met het werk en de examens van de kinderen, je kent hem. Moeder krabbelde eerst terug van het feit dat ze naar een flat zou uitkijken, maar ze heeft nu toch de stap gezet. De laatste zaterdag van deze maand verhuist ze. Het is een mooi appartement waar ze naartoe trekt, ze mag zeker niet klagen. Midden in de stad, alles wat ze nodig heeft is onmiddellijk bij de hand. Maar ze wil niet inzien dat ze het voortaan met minder woonruimte zal moeten stellen en vertikt het afstand te doen van de bazaar die al jaren onaangeroerd op zolder lag te verstoffen. Jurken die haar niet meer passen en ook nooit meer zullen passen? Neemt ze mee. Want: "Ge weet gij zeker niet hoeveel dat gekost heeft in de tijd?" De drie dozen met kindertekeningen van Hugo en mij uit de kleuterklas, haringen van een kampeerzeil uit de jaren stilletjes, iets gedrochtelijks uit ivoor... Moet allemaal mee! En erop verbeteren zal het allemaal niet meer. Nu wil ze dat ik met haar nog snel naar meubelzaak Verschoten trot, om een kast voor haar keukenhanddoeken te kopen. Ze moet kasten wegsmijten, verdorie, en er geen bijkopen. Maar dat snapt ze niet. Wil ze niet snappen. En dus schijt ze mij uit: "Gij zijt al even erg als uw vader, die wou met mij ook geen kasten gaan kopen..." En ondertussen lacht onze Hugo zich een kriek... Ik ben tot het besef gekomen dat er mij een aantal klotejaren van sleur en ondankbare opoffering staan te wachten. Eigenlijk heb ik eventjes geen ander verlangen nu, dan dat ik deze jaren fastforwarden kon, er beleeft toch niemand lol aan, ik niet, jullie niet, niemand.'

Een goed moment voor een scheet, vond ik.

'Wist je dat moeder al heeft bepaald welke muziek er moet worden gedraaid op je begrafenis? *Song for a guy*, van Elton John. Volgens mij heb je dat zelf nooit graag gehoord en krijg jij zelfs amoebedysenterie na drie noten Elton John, maar bon, wat kan ik eraan verhelpen. Ik zei haar nog: moeder, alstublieft, eigenlijk is dat lied een muzikale liefdesverklaring van de ene homo aan de andere homo, dus niet meteen iets wat mij gepast lijkt voor de uitvaart van vader. Maar ze trekt zich daar geen lor van aan. Dat je een stuk van je leven hebt gewijd aan het uitbouwen van een degelijke afdeling klassieke muziek in de bibliotheek doet er allemaal niet zo toe. Zoals uiteindelijk niets uit een mensenleven er aan het einde nog toe doet. Vergeet Tartini, vergeet Schubert. *Song for a guy* zal het zijn en daarmee basta.'

Een veel beter moment voor een scheet, maar mijn orgeltje liet mij in de steek en blies niet meer.

In de kantine was een vrolijke opwinding ontstaan omdat de jonge en knappe handelsvertegenwoordiger van Kukident kleefpasta in het gebouw was gesignaleerd.

En inderdaad, als je naar buiten keek zag je op de parking zijn wagen staan, beschilderd met de slogan: KUKIDENT: DURF WEER TE LACHEN NAAR HET LEVEN! Het vrouwelijke personeel kwebbelde en giechelde, patiënten werden opeens aan en af gereden door de gangen, in de hoop de verkoopsadonis daar tegen het lijf te kunnen lopen, als bij toeval.

Dochterlief haalde zich nog een glas wijn (helaas geen voor mij) aan de bar van de kantine. Ze zag er vermoeid uit. Haar geloof in maquillage was overigens ook niet groot. Nooit geweest.

'Pascal en ik gaan uit elkaar', floepte ze eruit, eenmaal terug aan ons tafeltje en na te hebben gedronken van haar glas alsof het een limonade was.

'Je bent de eerste aan wie ik het vertel, maar het lijkt mij dat je een geheim kan bewaren.'

O, nog de humor weten te bewaren ook!

'Ik weet dat je enorm gesteld was op Pascal. Hij was dat trouwens ook op jou, hij vond je een bovenstebeste mens en voelde zich als een volwaardige zoon van jou. Maar het is niet anders. Niet dat er vreselijke dingen zijn gebeurd tussen ons. Integendeel. Hij is het beste wat mij ooit overkomen is. Maar het is op. Ik heb met iemand geslapen van wie ik nooit zoveel houden kan als ik ooit heb gedaan van Pascal. Maar mij beklagen doe ik het niet... Het is te lastig om het allemaal uit te leggen. Misschien had ik er ook niet aan moeten beginnen. Maar ik kan maar beter eens oefenen voor wanneer ik dit ooit moeder zal moeten vertellen... Enfin, het is allemaal een beetje een puinhoop momenteel...'

Haar wijn was op.

Ze nam mijn beide handen in de hare, zachtjes knijpend.

'Papa', zei ze, 'papa, kijk eens eventjes naar mij!'

En ik wist waarlijk niet hoe ik mijn onwennigheid moest bestrijden. Ja, het had mij geholpen naar Rosa Rozendaal te kunnen kijken, maar zij was ondertussen alweer naar haar kamer teruggebracht.

'Je weet écht niet meer wie ik ben, hè?', herhaalde ze, de wangen vol waterlanders.

'Mathilda!', kraaide ik, triomfantelijk: 'Mathilda! Ik wist dat gij mij ooit zoudt komen bevrijden!'

Ze veerde recht, legde een vol pakje sigaretten voor mij neer op tafel, zoende me langdurig op het voorhoofd, en verdween zonder verder nog iets te zeggen.

Zoals ik al had aangevoeld: ze is nooit meer weergekeerd.

*

Rosa Rozendaal liet zich almaar minder opmerken. Haar stem maakte geen deel meer uit van het geheugenkoor, waardoor ik zelf toch ook een toontje lager zong en mij forceren moest om me nog langer naar deze debiele groepsactiviteit te slepen. Ze gaf verstek voor de dansnamiddagen met Lorenzo en verliet haar kamer niet eens meer voor de maaltijden. Geen paasei dat nog door haar werd beschilderd, geen hond genaamd Pablo die nog door haar op schoot werd genomen.

Tot ik het begreep: Rosa was hier waarschijnlijk niet meer! Zij moest zijn achtergebleven in een of ander middagdutje, stilletjes en onopvallend als een keurig opgevoede dame. Gevonden door Aïscha die haar kwam wekken voor een vieruurtje van slappe koffie met madeleinekoek, of voor een sessie pedicure.

Ik vraag mij dat soms af, wanneer ik zie hoe olijk de bejaardenhelpers een kamer naar binnen stappen, of zij zich daar altijd van bewust zijn dat er mogelijks een lijk ligt aan de andere kant van de deur. Schrikken zij soms nog van die confrontatie? Of gewent de alomtegenwoordigheid van de dood zodanig dat zij, bij wijze van overdrijven, de overledenen onderhand onachtzaam op een vuilblik vagen? Bijna zou je het hun willen vragen.

Neen, Rosa was al in geen dagen meer gezien, of dan toch niet door mij alleszins, en ik vrees dat ik mij op dat punt geen enkele illusie hoef te maken. Zij moet levenloos zijn aangetroffen en haar vondst zal een vrijwel geruisloze en geroutineerde machine in gang hebben gezet. Te beginnen met het mysterieuze rolwagentje dat door vleugel C van dit gebouw dokkerde en waarop zich voor één keer niet de pillen Exelon, Reminyl, Ebixa of andere lekkernijen voor de reddeloos verlorenen bevonden, maar dat was gevuld met producten van lichtjes andere signatuur. De geurspray Aerodor onder meer, dé luchtverfrisser voor elke opbaarruimte, geroemd door begrafenisondernemers en lijkschouwers wereldwijd om z'n verfrissende toets van citrus.

Wat staat er nog op het wagentje, het allerlaatste dat onze richting in wordt gerold? De befaamde Swash-doekjes natuurlijk, die dienen om het stoffelijk overschot te wassen zonder daarbij de talglaag aan te tasten. Het zijn enkel de schaamdelen die ingezeept en wel de kist in gaan, opdat de uitvaartplechtigheid van de betreurde niet in een vismijn zou moeten doorgaan. Om de weinig appetijtelijke lekkages tegen te gaan worden er fluffstrippen ingebracht; een werkje voor de stagiaires doorgaans, dat zo nu en dan voor de nodige hilariteit zorgt en de kennis van een aantal schunnige moppen in herinnering brengt. Fluffstrippen (ik heb het woord pas opgepikt hier in Home Winterlicht) hebben de eigenschap uit te zetten bij contact met vocht en sluiten zodoende allerlei kwalijke gaten af. Ze kunnen bijvoorbeeld met een pincet in de keel van de overledene worden gestampt wanneer die lijksappen zou gaan kwijlen. Het gebeurt, jawel. Keeltampons zijn er voor hetzelfde doeleind, maar sluiten minder goed af.

Weg met de keeltampons, de toekomst is aan de fluffstrip!

Er staat een doos met incontinentieluiers op het rolwagentje – al vallen de meesten hier voorzienig dood met de gepaste luiers alreeds aan. Alsook vaseline om de lippen een minder morbide glans te geven. Maquillagespul evenzeer, uiteraard, zodat een illusie van blos kan worden gepoeierd op de bloedeloze dodentoot. En niet te vergeten: de onvolprezen Kukident kleefpasta, waarmee gebitsprothesen worden vastgelijmd in de vertrokken mond. Niet elke familie vindt het namelijk grappig de tanden van de kraaknet afgelegde opa opeens uit diens smikkel te zien floepen, zomaar pardoes tijdens de laatste groet, het pastoraal gepreutel van de avondwake.

KUKIDENT: DURF WEER TE LACHEN NAAR HET LEVEN!

Hetgeen dan weer niet langer tot de geplogenheden zou behoren, zo hoorde ik de hoofdverpleger onlangs in de kamer hiernaast doceren aan een bende giechelende studenten, is de ogen van de overledene dicht te kleven met secondelijm. In het verleden was dit in sommige verzorgingstehuizen nog een courante praktijk. Een probaat middel tegen stuiptrekkinkjes. Maar het durft te gebeuren dat een nabestaande de behoefte voelt nog één keer in de ogen van de betreurde te kijken, en dan sta je daar als verpleger maar mooi voor lul met je uitgeknepen tube secondelijm. Kun je verdomme nog een loodgieter of zoiets gaan zoeken om opa weer presentabel te krijgen!

Als smokkelwaar is het lichaam van Rosa daarna via de achterpoort weggebracht. Zonder al te veel tamtam. En dat was het dan.

Ze is vertrokken vóór ik haar ten dans vroeg, verdomme. Vóór ik mijn pantoffels langs de hare schaffelde, en haar toefezelde:

'Hier buiten staat een bushok, Rosa. Lijn 77. Die heeft

als eindbestemming het verleden. Danszaal De Albatros. Als je wil kunnen we die samen nemen.'

Niet, dus.

Sedertdien speel ik mijn rol zoals ik 'm hoor te spelen: voluit. Mijn zetel kom ik ternauwernood nog uit. Ik zit daar, te koekeloeren naar het Niets. Eten doe ik amper en indien het personeel mij niet forceerde om zo nu en dan een slok water te nemen, kweekte ik nierstenen zo dik als clementines. Ik huil ontroostbaar en veel, spreken doe ik niet meer, tegen niemand. M'n voeten hef ik nog zo weinig op dat men mij gemakshalve voor elke verplaatsing in een rolstoel ploft. Ik krijg nieuwe pillen in vrolijke kleuren. Het interesseert me niet waar ze voor dienen; zolang ze maar niet té dik zijn slik ik ze braafjes in. Ronde Sonja probeert me op te monteren en tracht me met een pot broodkruimels uit mijn kamer te lokken; omdat ze weet hoe gaarne ik de vogels en de eenden altijd al voer gaf in de tuin. Tegen mijn vrouw hoor ik dokters vertellen dat mijn toestand nu met rasse passen achterwaarts huppelt, dat zij voorbereid moet zijn op het nabije eind. Mijn kar met Aerodor en Kukident staat klaar.

*

Het was de patiënten uiteraard niet opgevallen – hun valt namelijk helemaal niets nog op – maar de parking van Home Winterlicht stond op een goeie ochtend ineens vol met captatiewagens van allerhande televisiejournaals. Perskaarthouders probeerden naar binnen te dringen, ze aasden met hun gigantische telebazooka's op het onderwerp van hun massale belangstelling en poogden waar mogelijk een sfeerbeeld te nemen van bewoners die voos zaten verscholen achter hun raam, tot grote woede van de directeur die voor de privacy van zijn patiënten streed. Geen enkel personeelslid kon het gebouw verlaten of binnenkomen of hij kreeg ogenblikkelijk een hoop microfoons tegen zijn neus geprangd.

Het was duidelijk dat alle werknemers van het tehuis, poetsdames inclusief, op de tippen van hun tenen liepen, er hing onweer in de lucht, en zoals ik het aanvoelde moest er één of andere crisisvergadering zijn belegd waarop iedereen gesommeerd werd het beroepsgeheim te heiligen. De zangstonden met het geheugenkoor werden tijdelijk afgelast, de lotto-bingo ging niet door, daar had men voorlopig de werkkrachten niet voor, en wellicht zou Lorenzo de komende dagen ook niet moeten horlepiepen. Allereerst moest deze mediastorm worden getrotseerd, daarna pas kon Home Winterlicht terugvallen op z'n eigen, vertrouwde dagschema's.

Mijn spieren waren al lelijk verstramd sinds ik gelijk een lamzak mijn laatste dagen op aard verdeed. Maar nu had ik even nergens last van. De gebeurtenissen inspireerden mij en, ondanks mijn eerdere voornemen geen poot meer uit te steken, slofte ik met mijn onverdachte slakkengang op avontuur naar kamer 17, de kamer van Kampcommandant Alzheimer, stapte daar binnen zonder eerst te kloppen, en trok de deur achter me dicht. Op slot kon die, helaas, niet.

Op dat moment had de Kampcommandant net zijn rolstoel verlaten en stond hij in het midden van zijn kamer, sukkelend met zijn kleren (hij had z'n beide benen door dezelfde broekspijp willen steken, een klassieker).

Onophoudelijk kledij aan- en uitdoen, aan, uit, aan, uit; het is de zielige, sisyfuseske bezigheid van hen bij wie de jaren een gaatje in hun geest hebben geslagen, en die voortdurend menen dat ze ergens heen moeten. Lijn 77 weet altijd precies waarheen.

De Kampcommandant keek me met grote, onrustige ogen aan, krabde zich in het gezicht en leek in overweging te nemen of ie weer zou gaan gillen. Het mietje.

'Gillen heeft geen zin', zei ik. 'Hoe luider je gaat roepen, hoe erger het voor je wordt. Dus hou gewoon je vieze vuile eetbak dicht als je wil, dat is het makkelijkst voor iedereen.'

Ik had de indruk dat hij de inhoud van mijn woorden aanvoelde. Hij zweeg, en beefde.

'Kijk', ging ik verder, 'kijk maar eens even door het raam! Zie je die persmeute daar staan? Vijf cameraploegen, gewapend met de duurste opnameapparatuur… Dat ziet er niet goed uit voor je, jongen. Want weet je wat: je bent door je rol gezakt! Jouw geheimpie is uitgelekt, haha! Er zit een mol in dit gesticht en die heeft je verraden, punt! De journalisten die daar buiten staan, zijn getipt door een anonieme bron. Ze weten dat je hier zit! Ze weten dat Home Winterlicht jouw eigen kleine bunker is! Je kan je de commotie buiten deze muren wel een beetje voorstellen, mag ik hopen? De laatste nog levende kampbeul uit die vuile oorlog heeft zijn luxueuze schuiloord in Paraguay verlaten en is naar Europa weergekeerd, omdat hij zo pathetisch was te willen sterven op de bodem van zijn oude dromen! De lafaard die het hazenpad koos toen zijn medestanders gehalsrecht werden – liever blo dan dood, hoewel hijzelf ik weet niet hoeveel onschuldigen op industriële schaal de dood heeft in gejaagd – wel, die lafaard, die eerloze schijtvlo, is nu pas naar zijn uitverkoren geboortemoerassen weergekeerd. Nu hij oud en ziek genoeg is om niet meer voor een rechter te moeten verschijnen. Maar weet je wat, mijn beste: je actéért jouw ziekte en de wereld weet het! Je staat op het punt te worden ingerekend! Zie je de triomfantelijke krantenkoppen al?'

Hij liep nu kleine rondjes door z'n kamer, in een achtvorm. Zijn ademhaling werd grilliger en ik besefte dat ik door kon gaan op mijn elan, ik had de goeie toon te pakken, ook al zou dit noodzakelijkerwijs leiden tot een hartinfarct van dit opgejaagd stuk wild.

'Het is toch altijd hetzelfde, nietwaar, met jullie misdadigers tegen de mensheid: eens de wind zich tegen jullie keert en jullie de macht uit handen valt, worden jullie kleinzerig. Dan zijn jullie opeens te ziekjes en te slapjes en te teer om te worden berecht en zou daar om humane redenen rekening mee worden gehouden.'

Hij greep naar zijn borst en rochelde.

Zoals ik zei, ik had de toon te pakken. Doorgaan moest ik.

'Het is een mooie dag vandaag, besef jij dat? Buiten, in alle dorpen en steden, brengt men de feestelijkheden in gereedheid. Want straks, als jij het laatste volumetje muffe lucht uit jouw strot hebt getuft, slaan wij eindelijk die pagina van jouw oorlog helemaal om. Dan is er niemand meer over van jullie uitschot. Ja, ik weet het: jullie hebben jullie kinderen vergiftigd met dezelfde gestoorde idealen van aangeboren superioriteit, gestreden zal de strijd tegen het venijn nu eenmaal nooit. Maar de lichting waar jij als laatste overblijvende nog toe behoort, de zwartste tot nu toe, en hopelijk ook de zwartste die er ooit zal zijn geweest, wel, die lichting is weldra uitgegumd. En daar worden de misantropen weer wat vrolijker van.'

Ik liet me ploffen op een stoel en overschouwde de schade die ik had toegebracht. De angst die hij zelf in duizenden ogen moet hebben gelezen en waar hij ongetwijfeld ook van heeft genoten, diezelfde angst gierde nu door heel zijn vodderige wezen.

Leuk, ik kon het niet ontkennen.

'Over drie dagen is het jouw verjaardagsfeestje. Kijk je vast naar uit. Of niet. Want je moet je feestje delen met anderen. Met mij onder meer. Dat vind je ongetwijfeld ver beneden jouw stand. En nu ik er dieper over nadenk: ik voel er zelf ook niet veel voor om mijn verjaardag met jou te delen… Als ik je nu eens verdronk in jouw pispot?

Lijkt jou dat geen rechtvaardig gedacht? Of heb je zelf een origineler voorstel? Wat deed jij met de politiek gevangenen destijds? Jij hebt vast wel een paar vermakelijke martelpraktijkjes bedacht waar het geheugen van de mensheid nooit mee is belast omdat geen kat ze ooit heeft naverteld? Heb je mij niet iets lolligs dat ik nu kan uitproberen? Een vork in je oogbal steken tot het bloed in het rond fonteint, *knüppelhageldick*? En je daarna die oogbal laten opeten?'

Hij zou een zenuwcrisis gaan krijgen. Een kwestie van minuten nog en deze kwezel ging helemaal door het lint.

Misschien was het nu toch welletjes geweest en moest ik ermee ophouden. Het had op geen enkel gebied nog zin de les te lezen of wraak te nemen op iemand die zijn meerdere moest erkennen in een broekspijp. Mijn waarden en normen lagen elders, al had ik inderdaad best zin dit even over het hoofd te zien.

Er was echter nog iets anders. Iets wat ik aanvankelijk niet makkelijk tegenover mezelf had willen toegeven. Maar van zodra ik na mijn aankomst in het gesticht de identiteit van deze beruchte patiënt had achterhaald, was ik zijn aanwezigheid hier gaan beschouwen als een mogelijke vluchtweg waarlangs ik eervol, met opgeheven hoofd weer kon keren naar mijn normale leven. Want stel dat ik het niet zou hebben uitgehouden in dit verzorgingstehuis, wanneer de eenzaamheid, de monotonie en de gevangenschap mij te zwaar vielen: dan had ik nog altijd laconiek die gevluchte oorlogsmisdadiger kunnen verraden en als een held Home Winterlicht verlaten! Mijn kinderen en vrienden zouden zich misschien schamen om al datgene wat ze hadden gezegd tijdens mijn vermeende geestelijke afwezigheid, om de bezoeken die ze nooit hadden afgelegd; maar vooral zouden ze me prijzen om mijn toegewijde inzet. En mijn vrouw... wel ja, mijn vrouw... ze heeft een muil: ze kan bijten!

Dus laat maar, het was inderdaad welletjes geweest.

'Wij komen elkaar nog tegen', nam ik afscheid van Kampcommandant Alzheimer, maar waarschijnlijk was hij dat een halfuur later alweer helemaal vergeten.

*

Het is al sedert vele weken, ongetwijfeld, dat Moniek lijdt aan telefoonvrees. Dat elke ringtone haar als een doodsklok in de oren klinkt. Slecht nieuws kent manieren noch uren, daarom zal ze gaan slapen met haar mobieltje in de buurt. Het is misschien de laatste pesterij aan haar adres die ik kan bedenken: sterven in het putje van de nacht. Maar ik heb zo mijn vermoeden dat bejaardentehuizen weinig merken van nachtelijke overlijdens. De vaststelling van verscheiden wordt, zo neem ik aan, gedaan tijdens de ochtendronde. En gesteld dat men toch weet zou hebben van een patiënt die zo pedant is te sterven terwijl het personeel op z'n kleinste bezetting draait, dan zal men wachten tot iedereen van de dagshift is ingeprikt om af te handelen wat er in die gevallen afgehandeld worden moet.

Bang voor de genadeslag zal Moniek elke oproep beluisteren. Soms zal haar voorgevoel haar traagheid influisteren en zal ze net iets te lang aarzelen om nog tijdig de telefoon te kunnen opnemen. De twijfel: worden overlijdensberichten ingesproken op een antwoordapparaat, of is zulks onfatsoenlijk? Ze houdt het op dat laatste, en beluistert haar gemiste oproepen niet. Ze probeert zichzelf wijs te maken dat nieuws geweten moet zijn, voor het kan bestaan.

Maar onontkoombaar zal ze in een zeer nabije toekomst de telefoon opnemen, en tot haar grote spijt zal het niet de stem van een telemarketeer zijn die haar behoedzaam toespreekt, geen enquêtrice of boerenpummel die zich nodig tot tweemaal toe van nummer moest vergissen, doch de warme tenor van de zorgmanager van Home Winterlicht. ‘Mevrouw De Petter, ik vrees dat ik u het nieuws moet brengen dat u al een tijdje verwacht…’

‘Is hij mogen sterven in zijn slaap?’, lijkt me dan een tamelijk gepaste vraag.

De troost van het werkwoord ‘mogen’. Want we geloven graag dat de dode het zelf niet weet dat hij dood is, zo hij tenminste over een goed gevoel voor timing beschikte en zijn laatste adem tussen twee dromen door in zijn slaap uitblies. Ergens verkeert hij, tot ver voorbij het einde der tijden, in het gedacht zo dadelijk op te staan, een flinke pis te doen en dan een boterhammetje te eten met een verse krant erbij. Mooi is dat.

Maar dat mocht ik niet, neen, sterven in mijn slaap.

Ik bedenk me graag het tafereeltje waarbij Moniek in haar keuken staat, aan de vaat, in haar roze voorschoot. Ze verneemt dat ze zopas weduwe is geworden, hiep, hiep, hiep, want dat haar man uit zijn venster naar beneden is geflikflakt toen hij de vogels aan het voederen was. Het is snel gegaan, dat doet vallen namelijk altijd, en men heeft reden om aan te nemen dat meneer niet te veel heeft geleden.

Zo zou het kunnen, mogen, moeten zijn.

In eenzelfde moeite bedenk ik mij mijn oude kameraden, gebogen boven hun petanqueballen. Ze bediscussiëren luidruchtig de spelsituatie, de lintmeter moet uitsluitsel brengen over winst of verlies. En dan schiet Roland het nieuwtje te binnen dat hij eigenlijk meteen had willen vertellen maar dat hem door de schoonheid van de avond tijdelijk was ontgaan, en zegt, terwijl de discussie over de millimeters onverwijld verdergaat:

'Moeten jullie nu eens weten...'

Jazeker moeten zijn makkers nu eens weten.

'Moeten jullie nu eens weten wie er de pijp uit is en voor wie wij onze zwarte impermeabel van de kapstok moeten halen: Désiré!'

Désiré, Désiré? Wacht even... Welke Désiré?

'Allez komaan, Désiré Cordier natuurlijk. Ga mij nu niet vertellen dat jullie niet meer weten wie Désiré Cordier is, of liever was. Na al die jaren dat hij samen met ons heeft gespeeld.'

Uiteraard weet iedereen nog wie Désiré is. Was. Brave, stille mens. Bibliothecaris geweest, zot van lettertjes. Zot van muziek ook; kon u zo op commando de geboortedatum van Beethoven geven. Of de strijkkwartetten van Schubert uit elkaar houden. Niet te doen, die kerel. Bleef helaas wel als een beginneling petanque spelen. Zat onder de knoet van zijn vrouw. Hij is dan op een bepaald moment beginnen dementeren, er viel geen huis meer mee te houden, hij roofde winkels leeg en nam treinen naar Toeternietoe. Er zat dan ook niets anders meer op dan hem op te nemen in een gesticht. Was het niet Home Winterlicht? Waar ze onlangs filmopnames hebben gemaakt voor die serie daar… hoe heet ze ook alweer? Jaja, in Home Winterlicht was het inderdaad. Maar hoe lang was dat ondertussen al niet geleden, jong, dat Désiré daar naar binnen werd gebracht? Eerlijk gezegd leefde men hier en daar zelfs al in het gedacht dat hij reeds overleden wás. Maar, kijk zie, nu dus pas. Spijtig. Spijtig.

'Hij was nog maar net vierenzeventig geworden. De verjaardagsslingers hingen bij manier van spreken nog aan het plafond.'

'Vierenzeventig? De sukkel toch, dat is veel te jong, dat, om al te moeten gaan.'

En iedereen die het beaamt. Vierenzeventig is veel te jong inderdaad. Tegenwoordig toch, nietwaar. Met alles wat er bestaat aan medische zorg en pillerij en bla bla bla. En hun rug doet pijn van daar al heel de tijd boven een moeilijke constellatie petanqueballen gebogen te hangen.

'Volgens wat ik heb gehoord, heeft hij niet de makkelijkste uitweg gekozen, maar is hij uit zijn raam gevallen.'

'Je meent het?'

'Eten deed hij al een paar dagen niet meer. Hij spaarde zijn boterhammen op om ze aan de vogeltjes te geven, die hij aanvankelijk voederde in de tuin van het verzorgingstehuis. Maar toen het hem te lastig werd om nog tot daar te wandelen was hij ermee begonnen de kruimels gewoon uit zijn raam naar buiten te gooien. En zo zou hij dan...'

'Vreselijk, zeg. En hij was direct de kop in, toch? Ik mag het hopen alleszins.'

'... En wat het allemaal zo schrijnend maakt: enkele uren voor hij met zijn bakje broodkruimels de Styx overstak heeft hij nog met tandpasta enkele woorden op zijn lavabospiegel geschreven. De volkomen nietszeggende woorden *boom*, *wortel* en *lamp*. Probeer daar maar eens iets van te maken. Alsof hij opnieuw in het eerste leerjaar zat, de stakker, en trots de nieuwe letters oefende die hij zopas had aangeleerd.'

'Een godsgruwelijke ziekte, die dementie...'

Iedereen die het bevestigt: een godsgruwelijke ziekte, die dementie. En daarna is het welletjes geweest en moet er hoogdringend naar het leven worden weergekeerd. De discussie over de millimeters wordt verdergezet. Iemand zal het spelletje petanque winnen. Iemand zal uit zijn op revanche. De nacht zal vallen en zij zullen afscheid nemen maar niet voor lang. Zij zullen elkander over een aantal dagen treffen, op de dag van de zwarte impermeabel, en plaatsnemen op hun vaste en koude stoelen in de kerk. En als ze dan verenigd in het gewijde zwijgen op het kerkhof staan, kunnen ze opmerken dat het niet veel had gescheeld of dat mijn lichaam – een te vergeten fait divers – naast dat van Rosa Rozendaal zou zijn neergelaten, in wat men domweg noemt 'de goedertieren aarde'.